CONTOS QUE CONTO

Editora Appris Ltda.
1.ª Edição - Copyright© 2023 da autora
Direitos de Edição Reservados à Editora Appris Ltda.

Nenhuma parte desta obra poderá ser utilizada indevidamente, sem estar de acordo com a Lei n° 9.610/98. Se incorreções forem encontradas, serão de exclusiva responsabilidade de seus organizadores. Foi realizado o Depósito Legal na Fundação Biblioteca Nacional, de acordo com as Leis n°s 10.994, de 14/12/2004, e 12.192, de 14/01/2010.

Catalogação na Fonte
Elaborado por: Josefina A. S. Guedes
Bibliotecária CRB 9/870

R718c
2023

Roesler, Cristiani
   Contos que conto / Cristiani Roesler. - 1. ed. – Curitiba : Appris, 2023.
   87 p. ; 21 cm.

ISBN 978-65-250-4017-2

1. Contos brasileiros. 2. Contos humorísticos. 3. Fantasia. I. Título.

CDD – 869.3

Editora e Livraria Appris Ltda.
Av. Manoel Ribas, 2265 – Mercês
Curitiba/PR – CEP: 80810-002
Tel. (41) 3156 - 4731
www.editoraappris.com.br

Printed in Brazil
Impresso no Brasil

Cristiani Roesler

CONTOS QUE CONTO

FICHA TÉCNICA

EDITORIAL
Augusto Vidal de Andrade Coelho
Sara C. de Andrade Coelho

COMITÊ EDITORIAL
Marli Caetano
Andréa Barbosa Gouveia (UFPR)
Jacques de Lima Ferreira (UP)
Marilda Aparecida Behrens (PUCPR)
Ana El Achkar (UNIVERSO/RJ)
Conrado Moreira Mendes (PUC-MG)
Eliete Correia dos Santos (UEPB)
Fabiano Santos (UERJ/IESP)
Francinete Fernandes de Sousa (UEPB)
Francisco Carlos Duarte (PUCPR)
Francisco de Assis (Fiam-Faam, SP, Brasil)
Juliana Reichert Assunção Tonelli (UEL)
Maria Aparecida Barbosa (USP)
Maria Helena Zamora (PUC-Rio)
Maria Margarida de Andrade (Umack)
Roque Ismael da Costa Güllich (UFFS)
Toni Reis (UFPR)
Valdomiro de Oliveira (UFPR)
Valério Brusamolin (IFPR)

SUPERVISOR DA PRODUÇÃO
Renata Cristina Lopes Miccelli

REVISÃO
Andrea Bassoto Gatto

PRODUÇÃO EDITORIAL
William Rodrigues

DIAGRAMAÇÃO
Renata C. L. Miccelli

CAPA
Daniela Baum

REVISÃO DE PROVA
William Rodrigues

Dedico esse livro à minha querida mãe Neide da Silva Roesler e em memória aos meus familiares, meu pai Humberto Roesler, meu adorado irmão Chrystian Roesler e meu saudoso avô Antônio Vaz da Silva. Saudades e lembranças.

SUMÁRIO

A ROSA BRANCA 9
A BONECA DE RETALHOS 12
ACREDITAR COM O CORAÇÃO 15
PEDRINHO E A TARTARUGA 18
VIOLETA, A FADA DAS FLORES 22
TEOBALDO, O URSO APAIXONADO 25
ESDRAS, O MAGO DA BONDADE 28
O ANJO DE SANTA TERESA 32
PEDRINHO MALAZARTES 34
MÉLANIE E A BRUXA 39
O BOSQUE DAS BORBOLETAS 42
RUMO AO DESTINO 45
SAMUEL E O GÊNIO DA LÂMPADA 47
PIERRE, O SAPO CONQUISTADOR 50
O PÁSSARO DA FELICIDADE 53
VANDA E AS ESTRELAS 56
AS BRUXAS 58
JHON, O GIGANTE 61
MARINA, UM SONHO DE MENINA 64
O PAPAGAIO LUDOVICO 67
JOÃOZINHO E A RAPOSA 71
MIRÉAS E O CASTELO DE OURO 73
O CONTO DE RÂNIA, A CIDADE DOS RATOS 76
O TESOURO DE MAKAKADUCA 79
UM PORQUINHO CHAMADO CHESTER 83

A ROSA BRANCA

Há muito tempo, próximo a um vilarejo, existia um jardim com flores variadas e, entre elas, uma linda rosa branca. Ao lado da rosa também havia um lindo cravo de cor deslumbrante. O belo jardim era muito bem cuidado pelos moradores dali. A rosa tinha o sonho de se tornar uma moça muito bonita. Até que, em uma manhã, para sua felicidade, apareceu em meio às flores uma fada. A rosa branca, então, disse:

— Fada, realize um desejo meu. Quero ser uma linda jovem.

A fada, com sua varinha de condão, transformou-a em uma donzela de cabelos longos e de vestido branco, e falou:

— De agora em diante se chamará Lorena.

Radiante de alegria, ela agradeceu a fada e se dirigiu até o vilarejo, onde foi bem recebida por todos. E o tempo foi passando na maior harmonia e felicidade. Mas, um certo dia, o tranquilo vilarejo foi saqueado por três cavaleiros muito cruéis e valentões. Eles voltaram muitas outras vezes, causando pavor em todos. Até que, um dia, dominaram o vilarejo de vez, expulsando os moradores; ficaram apenas poucos homens e algumas mulheres, entre elas Lorena, para trabalhar para os malvados cavaleiros. Os homens ficaram responsáveis pela plantação e por cuidar dos animais e as mulheres pela cozinha e pelos afazeres da casa. E assim se seguiu...

Certa vez, chegou ao vilarejo um belo rapaz. Ele viu Lorena lavando roupas e disse:

— Como vai, bela jovem? Me chamo Benjamim.

— Olá! Me chamo Lorena.

O rapaz perguntou:

— O que aconteceu? Onde estão os demais moradores daqui?

Lorena contou tudo o que havia acontecido. Então, os três cavaleiros chegaram e disseram:

— Ora, ora... O que temos aqui. Quem é você, seu rato covarde?

— Sou Benjamim.

— De agora em diante, Benjamim trabalhará para nós também.

E o rapaz não teve escolha. Em uma bela manhã, Lorena estava regando o jardim, quando, de repente, apareceu a fada. A jovem contou tudo que tinha acontecido e pediu sua ajuda. A fada lhe disse:

— Querida, prepare para esses cavaleiros perversos um bolo bem saboroso, de encher os olhos. Espalhe esse pozinho mágico sobre ele, e terão uma surpresa ao comê-lo. — E a fada desapareceu.

Lorena voltou para casa, contou para Benjamim; depois, foi para a cozinha e disse para as mulheres:

— Hoje vamos fazer um delicioso bolo para os cavaleiros.

Indignada, uma delas perguntou:

— Como assim? Fazer um bolo para esses malvados?

— Não se aflijam. Vocês precisam confiar em mim.

Então, elas foram preparar o bolo. Ele ficou maravilhoso, de dar água na boca. Lorena espalhou o pozinho mágico sobre o bolo e o colocou na mesa. Quando os três viram, imediatamente o devoraram, enquanto Lorena, as mulheres e Benjamim ficaram espreitando.

Subitamente, algo espantoso aconteceu. Os três cavaleiros cruéis e valentões se transformaram em ratinhos. Todos ficaram perplexos e comemoram muito, enquanto os três ratinhos, morrendo de medo, fugiram de lá. Agora todos iriam viver em paz no vilarejo.

Mas, ainda não é o fim da história! Benjamim estava apaixonado por Lorena e a pediu em casamento. Os dois se dirigiram até o belo jardim, e Lorena falou:

— Agora que vamos nos casar, não podemos ter segredo um para o outro. Creio que não vai acreditar no que vou lhe dizer, mas preciso lhe contar. Eu era uma rosa branca que ficava neste jardim. Tinha o desejo de me tornar uma linda moça. Um dia, apareceu uma fada e ela realizou o meu desejo.

Ele olhou para Lorena e disse:

— Você se lembra de um cravo que ficava ao seu lado?

Lorena, sem compreender nada, olhou para ele, surpresa.

— Ele também tinha um desejo, o de se tornar um rapaz. Certa vez, apareceu uma fada e também realizou o desejo dele.

— Quem é esse rapaz? — a jovem perguntou.

— Sou eu, Lorena.

E os dois se beijaram apaixonadamente.

Agora, sim, terminou este conto cheio de magia e encanto.

A BONECA DE RETALHOS

Esta é a história de uma senhora chamada Eva e de sua filha Carolina. Dona Eva era costureira. Como de costume, toda tarde costurava, enquanto sua filhinha ficava ao seu lado, brincando com suas bonecas. Certo dia, já que estavam sobrando vários retalhos de tecido, ela resolveu fazer uma boneca para Carolina. Depois de finalizá-la, chamou a menina e falou:

— Carolina, tenho um presente para você.

A menina, toda curiosa, foi correndo até sua mãe. Ao ver o presente, ficou radiante de alegria.

— Puxa, que boneca mais linda! Adorei! Vou brincar com ela todos os dias. Obrigada, mamãe.

Os anos passaram, Carolina casou-se e teve uma filha, a Alice. Nessa época, dona Eva não costurava mais, pois não estava bem de saúde. Em uma manhã, Carolina saiu para fazer compras e Alice ficou em casa com sua avó, Eva. A menina estava brincando e, de repente, muito curiosa, entrou no quartinho de costura. Viu a máquina de costura e pensou: "O que será isso?".

Foi até o quarto de sua avó e disse:

— Vovó, quero te mostrar algo que não sei o que é.

Elas foram até o quartinho, e Dona Eva, dando um sorriso, disse:

— Essa é minha máquina de costura. Serve para consertar e fazer roupas.

Ao lado da máquina, havia uma caixa com alguns pedaços de tecido. Dona Eva pegou um deles, um carretel de linha, sentou-se e mostrou para Alice como a máquina funcionava. A menina ficou admirada e, curiosa, começou a mexer dentro da caixa de tecidos até que encontrou uma boneca de retalhos. Perguntou para a avó:

— Que boneca é essa, vovó?

— Fiz para sua mãe quando ela tinha mais ou menos a sua idade.

— Posso ficar com ela? Vou guardar no meu baú de brinquedos.

— Sim, querida. Agora vamos que eu preciso me deitar.

Bem, passados alguns meses, infelizmente, dona Eva faleceu. Para Carolina, foi muito difícil aceitar a perda de sua mãe querida, mas tinha que seguir a vida e cuidar de Alice.

Os dias foram passando e, em certa manhã, Carolina estava sentada na sala, levantou-se e foi até o quartinho onde sua mãe costurava e, ao olhar para a máquina de costura, muitas recordações invadiram seu coração. Ela voltou para a sala, e lágrimas rolaram pelo seu rosto. Nesse momento, Alice apareceu e perguntou:

— O que aconteceu, mamãe? Por que a senhora está chorando?

— Estava me lembrando da sua vovó Eva. Mas, não se preocupe, querida. Volte a brincar.

— Eu também sinto muita falta dela.

E as duas se abraçaram.

Então, chegou o aniversário de Carolina. Já cedinho, Alice foi até o quarto da mãe e falou, toda entusiasmada:

— Parabéns, mamãe! Te amo. Tenho uma surpresa para a senhora.

Alice voltou trazendo um pacote amarrado com uma fita e falou:

— Com todo meu amor, para a senhora.

Quando Carolina abriu o presente, ficou emocionada. Era a boneca de retalhos que sua mãe querida havia lhe dado quando era uma garotinha e que estava com Alice.

— Gostou, mamãe? Dei até nome para ela: Eva!

Beijando sua filha, com lágrimas nos olhos, Carolina falou:

— Este, minha filha, é o aniversário mais especial de toda minha vida.

ACREDITAR COM O CORAÇÃO

Era uma vez uma menina chamada Lucíola. Certa tarde, ela estava alegremente brincando no jardim, enquanto sua mãe Margot preparava o jantar. Próxima ao jardim, havia uma macieira. De repente, ela avistou alguém sob uma árvore e foi até lá. Era um homem com um manto azul, e ao seu redor tinha uma forte luz. Muito assustada, mas curiosa, ela perguntou: "Quem é você? O que está fazendo aqui perto de minha casa?".

— SOU AQUELE que tudo sabe, que tudo vê. Enviei meu FILHO AMADO ao mundo para salvar a humanidade.

— Como assim? Não estou entendendo. Estou bastante confusa. Onde você mora? Como é seu nome?

— Minha morada é o REINO DOS CÉUS. SOU DEUS TODO PODEROSO E MISERICORDIOSO.

— DEUS? Vou correndo contar para minha mãe!

— Vá em paz.

— Mamãe! Mamãe! Quero te contar uma coisa! Tinha um homem debaixo da macieira, fui até lá e ficamos conversando. E Ele me falou que era Deus!

— Querida, você brincou bastante, acabou dormindo e teve um sonho. Tenho certeza de que foi isso que aconteceu, minha filha.

— Mas era ELE sim. Não foi um sonho.

— Está bem, filhinha. Agora tome banho e venha jantar.

No dia seguinte, uma vizinha foi visitar dona Margot e, no meio da conversa, ela comentou:

— Sabe o que aconteceu ontem? A Lucíola disse para mim que viu DEUS debaixo da macieira e que conversou com

ELE. Com certeza, pegou no sono e teve um sonho. Mas, enfim, acabei concordando, porque ela ameaçou chorar.

— Não pode ter sido alguém que entrou aqui? — perguntou a vizinha, assustada.

— De maneira alguma. A casa está bem protegida pelos nossos cães, Tibor e Sócrates.

Lucíola estava na cozinha e ouviu tudo. Entrou na sala chorando e disse:

— A senhora mentiu que acreditou em mim!

E a menina foi para o quarto, enquanto a vizinha se despedia de dona Margot. A mãe, então, foi atrás de Lucíola para contornar aquela situação. E falou para a filha:

— Querida, não fique assim, pare de chorar. Quer que eu te leve amanhã no *shopping* para comprar aquela boneca que você gostou?

Lucíola parou de chorar aos poucos.

Os dias foram passando, até que, numa tarde, dona Margot falou:

— Lucíola, vá juntar algumas maçãs que o vento derrubou, porque quero fazer uma torta.

A menina pegou uma cestinha e foi juntar as maçãs, mas como ela estava demorando para voltar, a mãe, impaciente, foi até lá. Quando estava quase chegando, avistou uma cobra próxima de Lucíola. Desesperada, dona Margot gritou várias vezes:

— Lucíola! Sai depressa daí!

A menina correu para os braços da mãe, que estava em prantos. Dona Margot, então, falou:

— Graças a DEUS não te aconteceu nada. ELE te protegeu, filhinha querida.

E a menina disse:

— Viu como eu tinha razão? Falei para a senhora que conversei com DEUS naquele dia. Agora a senhora acredita em mim?

Dando muitos beijos na filha, ela respondeu:

— Sim, meu bem, é claro que acredito.

Nem sempre é preciso ver para acreditar. Basta acreditar com fé e com o coração.

PEDRINHO E A TARTARUGA

Em uma floresta encantada, moravam alguns animais: um coelho chamado Abílio, um tatu de nome Douglas, um esquilo que se chamava Nestor, um macaco cujo nome era Kiko, um ouriço chamado Pepe, além de muitos pássaros e borboletas. Cada animal tinha sua casa, e eles viviam muito felizes. Um dia, chegou na floresta uma tartaruga. Ela avistou um gracioso passarinho em uma árvore e disse:

— Olá! Eu sou a Nina. Andei muito. Estou exausta. Preciso descansar e me refrescar.

— Oi, Nina. Muito prazer. Eu sou o Luke. Vou lhe mostrar um riachinho perto daqui.

— Puxa, que água mais fresquinha! Era disso que eu precisava. Este lugar é encantador.

— Sim, é lindo demais — respondeu Luke.

Enquanto isso, o passarinho foi de casa em casa contar a novidade para os outros animais. Aos poucos, os animais, curiosos, foram chegando para conhecer Nina. Todos se apresentaram e deram as boas-vindas para ela. Agora a tartaruga também era mais uma moradora da floresta encantada.

No dia seguinte, a bicharada começou a construir uma casinha perto do riacho para a Nina. Após alguns dias, ela ficou pronta. Ficou maravilhosa! Os dias foram passando, e a tartaruga estava muito contente em morar ali e de ter feito várias amizades. O aniversário do coelho Abílio estava próximo, e os animais disseram para Nina:

— Abílio vai fazer aniversário e nos reuniremos na casa dele para festejar. Sempre que algum de nós faz aniversário, comemoramos.

E chegou o dia. A casa do coelho estava toda enfeitada com balões coloridos, e na mesa havia um delicioso bolo de cenouras regado com chocolate. Os convidados foram chegando. Chegou a hora de cantar parabéns, mas Douglas, o tatu, falou:

— Acho que está faltando alguém.

O macaco Kiko respondeu:

— Já sei quem é. A Nina.

O esquilo Nestor e o ouriço Pepe concordaram e o esquilo disse:

— Sim. A Nina ainda não chegou. Vamos esperar.

Mas, o tempo foi passando, passando, e nada da Nina aparecer. Todos já estavam entediados de tanto esperar por ela. Enfim, cantaram parabéns para Abílio, e a festa teve início, terminou algumas horas depois. Os animais agradeceram, e quando estavam se despedindo de Abílio, Nina apareceu, naquela lentidão toda, e perguntou:

— A festa já começou? Estou atrasada?

Os animais se olharam, e um deles respondeu:

— A festa já terminou.

Aborrecida, Nina retornou para casa. E isso se repetiu várias vezes. Ela nunca conseguia chegar a tempo nas festinhas para se divertir com seus amiguinhos.

Até que, em dada manhã, apareceu na floresta encantada um menino. Ele viu a Nina triste, perto do riachinho, e falou:

— Oi, dona tartaruga. Me chamo Pedrinho. E você? Como se chama?

— Me chamo Nina. Onde você mora? Está perdido?

— Não. Moro perto daqui com minha família faz poucos meses. Ainda estou conhecendo o lugar. Encontrei esta floresta e fiquei admirado. É linda demais! Mas me conte, por que está tão triste?

Então, Nina contou para Pedrinho o que estava acontecendo. O menino falou para ela:

— Pode ficar tranquila. Já tenho uma solução para seu problema. Voltarei aqui para conversarmos.

Passados alguns dias, Pedrinho voltou. Ele disse a Nina:

— Olá, amiguinha. Como vai?

— Que bom te ver, Pedrinho!

— Quero que me diga quando será o próximo aniversário — falou Pedrinho.

— Daqui a um mês será aniversário do Douglas, meu amigo tatu.

— Pode ficar animada que você participará da festa e se divertirá muito. Vamos combinar tudo bem direitinho, tá bom?

Chegou o dia do aniversário de Douglas. Pedrinho foi até a casa da Nina e, animado, falou para a tartaruga:

— Tenho uma surpresa para você. Olha só que prático.

Pedrinho tinha feito um carrinho de madeira com rodinhas e um puxador que ficou perfeito para ela.

— Puxa, Pedrinho, que carrinho legal! Você fez especialmente para mim?

— Sim, amiguinha. Está resolvido seu problema. Basta me dizer onde fica a casa do Douglas que te levo até lá. Para isso serve esse puxador de madeira. Pensei em tudo.

— Muito obrigada, Pedrinho. Você é um menino muito especial e muito inteligente também.

E lá foram os dois para a casa do Douglas. Quando chegaram, os animais ficaram de boca aberta e Douglas falou:

— Olha, pessoal! Que surpresa boa! A Nina veio! Que carrinho bacana! Quem é esse menino que está junto com você, Nina?

— Quero apresentar para vocês o Pedrinho. Foi ele quem fez o carrinho para mim. Ele mora perto daqui, e nos tornamos amigos.

— Prazer, Pedrinho. Parabéns por sua ideia! Bastante inteligente — disse Abílio.

— Bem, agora vou embora e mais tarde volto para levar a Nina para casa — falou Pedrinho.

— De maneira alguma. Queremos que fique para a festa! De agora em diante, é nosso amigo também e será sempre bem-vindo na floresta encantada — entusiasmado disse Pepe.

E foi a maior diversão! A Nina estava radiante de felicidade. Ela até tirou foto no carrinho. Que chique, hein, Nina?

VIOLETA, A FADA DAS FLORES

Há muito tempo, em uma floresta encantada, apareceu uma fada que se chamava "Violeta, a fada das flores." Ela era muito graciosa e tinha uma missão: levar felicidade para as pessoas, ofertando-lhes flores.

Perto dali, havia um pequeno lugarejo, e a fada dirigiu-se até lá para conhecê-lo. Primeiramente, avistou uma casa, onde morava um casal de velhinhos, e entregou para eles algumas petúnias, o que os deixou muito felizes. Em seguida, encontrou um senhor solitário sentado em um banco e deu para ele um lindo crisântemo; isso alegrou o dia dele. Mais à frente ofereceu rosas para um casal de namorados e orquídeas para uma adorável família. E, por fim, encontrou duas meninas brincando, aproximou-se delas e falou:

— Olá! Me chamo Violeta, sou a fada das flores.

Então, deu para elas um belo maço de margaridas e disse:

— Agora vou retornar para a floresta. Amanhã continuarei a distribuir minhas flores.

Mas, as meninas disseram:

— Espera, dona fada. Queremos conversar um pouco com você.

A fada atendeu ao pedido das meninas e ficou. Uma das meninas falou:

— Eu sou a Hazel.

E a outra se apresentou:

— E eu a Glenda.

— Fiquei muito feliz em conhecê-las. Vocês são muito graciosas — disse a fada.

— Muito obrigada! Nós também ficamos encantadas em conhecê-la e adoramos o seu nome. Violeta é a flor preferida da nossa mãe.

Então, a fada gentilmente entregou para elas algumas violetas e falou:

— Um presente para a mãe de vocês.

— Que lindas! Nossa mãe vai adorar. Muito obrigada.

— Há quanto tempo entrega flores para as pessoas? — umas das meninas perguntou, curiosa.

— Faço isso há muitos anos. Sinto-me feliz em alegrar as pessoas com minhas flores. É muito gratificante.

— Posso lhe fazer uma pergunta? — falou Hazel.

— Claro, querida.

— Você já ganhou flores?

— Sabe que nunca havia pensado nisso? Mas, respondendo à sua pergunta, não, nunca ganhei flores.

— Puxa, que triste isso... — comentou Glenda.

Então, Hazel falou:

— Nós conhecemos um lugar lindo, fica próximo daqui. Lá tem um riachinho maravilhoso. Gostaria de conhecê-lo amanhã?

— É só seguir por este caminho — explicou Glenda.

— Quero sim. Estou bastante curiosa.

No dia seguinte, as meninas foram até o riachinho para encontrar a fada. Estavam super ansiosas. Ali havia muitas flores do campo, que deixavam o lugar ainda mais encantador.

Enfim, a fada Violeta chegou e, admirada, falou:

— É lindo mesmo! Vocês tinham razão.

De repente, Hazel e Glenda passaram a colher flores e, num gesto muito carinhoso e admirável, entregaram para a fada.

— Estou sem palavras, queridas... Vocês são realmente muito especiais.

E as três, alegremente, comemoraram esse momento inesquecível.

Transmita amor e receberá amor. Transmita felicidade e receberá felicidade. Quem semeia sementes do bem sempre encontrará na vida um caminho repleto de flores.

TEOBALDO, O URSO APAIXONADO

Teobaldo era um urso que morria de amores por Dóris, uma linda e charmosa ursinha, e desejava muito ser seu namorado. Mas, Dóris tinha mais três pretendentes, também ursos, chamados Bruce, Charles e Trevor, que faziam de tudo para conquistá-la. Certa manhã, Dóris estava na janela de sua casa, quando Bruce chegou com um ramalhete de flores e disse a ela:

— Trouxe estas flores para você, minha princesa.

— Que gentileza! São lindas. Vou colocá-las no vaso para enfeitar minha sala.

Logo em seguida, Charles também chegou com um presente.

— Trouxe este delicioso pote de mel, tão doce como você, minha abelhinha.

— Como você é romântico, Charles. Obrigada.

Algum tempinho depois, apareceu Trevor, com uma caixa de chocolates.

— Para você, meu bombomzinho.

— Adoro chocolates, e esses são os meus preferidos.

Finalmente, chegou Teobaldo, que disse:

— Tenho uma surpresa para você. Feche os olhinhos. Vou contar até três! Um, dois, três!

Quando ela abriu os olhos, ficou indignada.

— O que significa isso?

— É minha foto na escola. Eu era um ursinho muito esperto.

Dóris, muito irritada, falou:

— Pelo jeito, com os anos essa esperteza toda foi embora! — E fechou a janela.

Pobre do Teobaldo. Ele voltou para casa com o coração partido.

No domingo, haveria um baile e todos os animais estavam muito entusiasmados. No dia, o salão foi todo enfeitado e as músicas estavam bem animadas. A bicharada dançou bastante! Dóris estava sentada, tomando um refresco, e Bruce se aproximou e a convidou para dançar. Em seguida, Charles e Trevor também a tiraram para dançar, enquanto Teobaldo, ansioso, observava. Ele estava tomando coragem para tirar Dóris para dançar, pois bem sabia ele que não era um bom dançarino. Que situação constrangedora!

Mas, algo inusitado aconteceu. Perto do salão, havia uma árvore e nela uma colmeia. A janela estava aberta e, subitamente, uma abelha entrou e voou em direção ao Teobaldo. Sem ele perceber, ela se sentou em seu sapato e, logo após, entrou dentro da sua calça. Teobaldo foi para o meio do salão sacolejando e pulando feito pipoca na panela, e todos ficaram admirados. Alguém falou:

— Que dança frenética! Vamos dançar também, pessoal?

E logo a bicharada estava dançando igual ao Teobaldo, sacolejando e pulando no salão. Finalmente, sem que ninguém percebesse, a abelha deixou o Teobaldo em paz e saiu pela janela. Quando o baile terminou, Dóris se aproximou do Teobaldo e, muito animada, falou:

— Puxa, Teobaldo, fiquei muito impressionada com sua dança. Esse, com certeza, foi um dos bailes em que mais me diverti! Me acompanha até em casa?

O urso, apaixonado, nem acreditou. Estava flutuando nas nuvens! E então, levou Dóris para casa. Mas, quando estavam se despedindo, ela disse:

— Daqui a dois meses haverá outro baile e quero ir junto com você como sua namorada.

Ele ficou paralisado de tanta felicidade e, dando um longo suspiro, falou:

— Sim, minha pérola preciosa!

Só que depois daquela emoção toda ele se lembrou de um detalhe muito importante: ele não sabia dançar. A responsável por toda sua performance no baile tinha sido a abelhinha. E agora? Que situação!

Passaram-se os dois meses e chegou o dia. Teobaldo foi até a casa de Dóris e, portando-se como um verdadeiro cavalheiro, levou-a ao baile. E Teobaldo deu um show de dança! Vocês devem estar se perguntando: mas como? Acontece que a alguns quilômetros dali haviam aberto uma escola de dança e há dois meses essa escola recebera um novo aluno. Adivinhe quem? Ainda bem, né, Teobaldo?

ESDRAS, O MAGO DA BONDADE

Era uma vez dois meninos, Thomas e Nicolas. Já fazia um bom tempo que eram amigos. Certa manhã, Nicolas telefonou para Thomas e disse:

— Olá, Thomas. Hoje meus pais vão sair cedo e voltarão só a noitinha. Eles vão visitar alguns amigos. Posso passar o dia em sua casa?

— Com certeza. Vamos nos divertir muito!

Perto da casa do Thomas havia uma cabana que o pai dele havia construído. Lá havia também um belo lago e uma jabuticabeira.

Quando Nicolas chegou, Thomas lhe disse:

— O que você acha de a gente ficar na cabana? Podemos levar lanches, refrigerantes, depois jogar bola, pescar no lago e comer algumas jabuticabas.

— Sim. Vai ser superdivertido.

E os meninos foram para lá. Em dado momento, perceberam que alguém se aproximava da cabana. Ouviram batidas na porta e, quando a abriram, levaram um grande susto, ficando sem palavras. Era um mago! Ele se apresentou:

— Sou Esdras. Venho de um lugar magnífico, conhecido como a "Terra dos Magos".

Ainda muito assustados, os meninos disseram:

— Nossa! Um mago de verdade! E eles então se apresentaram:

— Eu me chamo Thomas.

— E eu sou o Nicolas.

— Prazer em conhecê-los, meninos. O que vocês acham de conhecer o lugar de onde vim?

— Claro! Mas como?

— Fechem os olhos. Agora podem abrir.

E os meninos ficaram maravilhados. Estavam diante de um enorme rio de águas cristalinas, e na margem, havia um barco. Então, o mago Esdras falou:

— Para chegar à "Terra dos Magos", precisamos atravessar esse rio. Porém, antes terão que responder a um questionário.

— Por quê? — perguntaram, admirados, os meninos.

— São as regras — respondeu o mago.

— Vou fazer as perguntas. Primeira: se você estivesse na rua comendo um delicioso sanduíche e encontrasse alguém faminto, o que você faria?

Thomas respondeu:

— Entregaria o sanduíche para ele. Não consigo ver ninguém passando fome.

— E você, Nicolas?

— Continuaria a comer o sanduíche. Deixaria que outra pessoa o ajudasse.

— Segunda pergunta: se você se deparasse com alguém passando frio, qual seria sua atitude?

— Entregaria minha japona para essa pessoa — respondeu Thomas.

— Se eu lhe entregasse, aí seria eu quem passaria frio — disse Nicolas.

— Vamos para a próxima pergunta: se uma pessoa perdesse a carteira de dinheiro e você percebesse, o que faria?

— Eu iria atrás da pessoa e lhe entregaria a carteira — respondeu Thomas.

— Eu ficaria com a carteira. Não sou bobo — respondeu Nicolas.

E o mago continuou com o questionário até que, finalmente, Esdras falou:

— Pronto. Acabou. Vamos entrar no barco.

Mas, quando Nicolas foi entrar, o mago falou severamente:

— Você não, Nicolas. Vai permanecer aqui. Seu coração está cheio de maldade.

Nicolas, desesperado, disse:

— Perdão, mago! Estou arrependido. Por favor, leve-me junto com vocês!

Mas, o mago foi irredutível e não o levou. Após algum tempo, eles chegaram à "Terra dos Magos". Thomas ficou fascinado com tudo que viu. Realmente, era como o mago havia falado. Esdras chamou Thomas e disse:

— Quero que conheça os outros magos.

— Sou Asher, mago da felicidade.

— Eu sou Magnus, o mago da humildade.

— Prazer, meu nome é Felipos, mago da esperança.

— Eu sou o Aron, mago da inteligência.

E, finalmente, o último se apresentou:

— Me chamo Nazário, mago do perdão.

— Estou muito feliz e honrado em conhecê-los — disse Thomas.

Então, Thomas pensou por algum tempo, aproximou-se de Nazário, o mago do perdão, e perguntou:

— Quando alguém está arrependido de algo devemos perdoar?

— Com certeza. Todos merecem uma segunda chance.

Esdras estava perto e ouviu a conversa, então Thomas pediu a ele:

— Podemos buscar o Nicolas, mago? Afinal, ele está arrependido.

Thomas provou mais uma vez que era um menino muito especial.

Após pensar por alguns instantes, o mago concordou, e eles voltaram para buscar Nicolas. Bem, quando Nicolas chegou, também ficou encantado com a "Terra dos Magos". Depois de um longo tempo, Esdras falou para eles:

— Está na hora de vocês voltarem.

Eles subiram no barco e atravessaram o rio.

— É hora da despedida. Fiquei muito contente em conhecer vocês — disse o mago.

— Nós também. Nunca iremos esquecê-lo, querido mago.

— Fechem os olhos.

Quando abriram os olhos, estavam deitados de baixo da jabuticabeira, perto da cabana.

Thomas, então, disse:

— Tive um sonho maravilhoso.

— Eu também — falou Nicolas.

Após conversarem, Nicolas, admirado, falou:

— Como é possível termos o mesmo sonho? E para falar a verdade, pareceu tão real.

Também confuso, Thomas não soube explicar. E Nicolas disse:

— Sonho ou não, eu aprendi uma grande lição e irei praticá-la até o resto da vida.

E os meninos voltaram felizes para casa.

O ANJO DE SANTA TERESA

Há muito tempo, em uma cidadezinha chamada Santa Teresa, havia uma senhora muito bondosa e querida pelos moradores. Ela se chamava Germana.

Dona Germana era benzedeira e conhecedora de muitas simpatias e chás com propriedades curativas. Nos fundos de sua casa, tinha um canteiro onde havia diversos tipos de plantas, e ela sabia perfeitamente para qual finalidade cada uma servia. Todos os dias atendia a vários moradores da cidadezinha, que a procuravam pedindo ajuda para seus problemas de saúde. Dona Germana já havia curado várias pessoas.

Ela tinha um neto muito querido, o André. O neto sentia grande carinho e muita admiração pela avó. Às vezes, o menino passava o dia com dona Germana e acompanhava o belo trabalho que sua avó realizava. Com certeza, era um dom de Deus curar as pessoas. E assim foi por um longo tempo.

Um dia, infelizmente, dona Germana faleceu. Os moradores sentiriam muito sua falta, mas seu neto ainda mais da avó querida. Os familiares retiraram os pertences dela da casa para guardá-los com muito carinho e zelo. Ela tinha uma estátua de um anjo que ficava em seu quarto. Então, seu neto André falou:

— Mamãe, quero ficar com a estátua do anjo que está no quarto da vovó.

A mãe ficou surpresa e comovida com o pedido do filho, e lhe entregou o anjo. O menino o deixou em seu quarto, e todas as noites rezava e se recordava de sua querida avó. Certa noite, André teve um sonho muito lindo: ele viu sua avó curando as pessoas, e depois ela colocou a mão em sua cabeça para abençoá-lo. Logo em seguida, ela se ajoelhou diante do anjo para rezar e agradecer. Esse mesmo sonho se repetiu outras vezes. Perto da cidade, havia uma gruta. Um dia, André falou para seu pai:

— Papai, vamos colocar o anjo da vovó na gruta?

O pai, muito surpreso, perguntou:

— Por que está me pedindo isso, meu filho?

— Porque assim todos poderão ir até lá rezar.

O pai sentiu muito orgulho de seu filho e colocou o anjo na gruta. Os moradores passaram a visitá-la e levavam flores, acendiam velas e faziam muitos pedidos, que logo começaram a ser atendidos. O anjo passou a ser assim chamado ":O Anjo de Santa Teresa.". E o coração de André se encheu de paz e alegria.

PEDRINHO MALAZARTES

Quem nunca ouviu falar de Pedro Malazartes? Mas, essa história que vou contar vai surpreender a todos.

Como todo mundo sabe, Pedro Malazartes vivia aprontando. Até que, certa vez, conheceu uma moça, a Carlota, com quem se casou, e, finalmente, tomou um rumo na vida. Tornou-se ajuizado e muito responsável. Sua mãe, dona Agustina, estava surpresa com tamanha mudança. É que o amor faz milagres.

Após algum tempo de casados, nasceu a primeira filha, Ritinha. Alguns diziam que era parecida com Carlota, outros achavam que havia puxado ao Pedro. Quando Ritinha estava com 2 anos, Carlota teve mais um bebê, um menino, que todos, sem sombras de dúvidas, afirmavam que era a cópia perfeita do pai. Pedro ficava muito orgulhoso. Quando a avó Agustina viu o menino, falou:

— Virgem Santíssima! É igualzinho ao Pedro. Até o olhar de malandragem! E o avô Feliciano, admirado, concordou:

— Tem razão, Agustina. Igual ao nosso Pedro quando nasceu.

E qual nome vocês acham que escolheram para ele? Adivinhem? Pedrinho.

O tempo foi passando e, em certa manhã, na hora do café, Pedrinho pronunciou sua primeira palavra: "Papai!". Pedro quase desmaiou de emoção. E Carlota disse:

— Que amor! A primeira palavra do nosso anjinho!

Mas, o anjinho foi crescendo, e tudo mudou. Em certa ocasião, eles foram convidados para um almoço na casa de um compadre. Seria no domingo. Eles foram até a cidade. Pedro comprou um belo chapéu de palha e um par de botas. Estava todo faceiro. Carlota escolheu um vestido e um batom para se embelezar. Chegou o domingo, e na hora de se arrumar, Pedro falou:

— Carlota, cadê meu chapéu e minhas botinas novas?

— Não estão no quartinho?

— Aqui não estão.

E quando Carlota foi se arrumar, muito nervosa, disse:

— Meu batom sumiu!

E logo, chorando, Ritinha falou:

— Mãe, não encontrei minhas duas bonecas preferidas.

Eles vasculharam a casa e acharam uma caixa na despensa. Nela encontraram o chapéu todo estraçalhado e as bonecas com as caras lambuzadas de batom. Muito brava, a mãe chamou Pedrinho e falou:

— Seu pestinha! Descobrimos sua arte, menino. O que você tem a dizer? Veja só o que fez com o chapéu do seu pai!

— Não fiz por mal, mamãe. Só quis me divertir com o Panqueca. — O cachorro da família.

— Mas, com o chapéu novo? E olha o que fez com meu batom e com as bonecas da sua irmã!

— Quis deixá-las bonitas igual à senhora.

— Não sabemos mais o que fazer com você! Fala alguma coisa, Pedro!

— Cadê minhas botinas novas? — perguntou o pai, e Pedrinho respondeu:

— Escondi atrás da porta.

Quando Pedro foi apanhá-las, respirou aliviado e disse:

— Graças a Deus não aprontou nada com elas!

Mas, na hora de calçá-las... Surpresa! Estavam cheias de melado. Louco da vida, Pedro gritou:

— Pedrinho, venha já aqui!

— Ele saiu correndo lá pra fora, papai — disse Ritinha.

De qualquer forma, Pedro, Carlota e Ritinha foram ao almoço, enquanto Pedrinho ficou em casa com os avós, de castigo. Sua avó Agustina falou:

— Vou preparar um bolo. Se comporte, Pedrinho.

Mas na hora em que apanhou o pote de açúcar, estava vazio.

— Tenho certeza de que comprei açúcar. Pedrinho, venha cá! Você tem algo a ver com o sumiço do açúcar?

— Quero mostrar algo para a senhora. Ontem fiz uma boa ação.

E foram para o terreiro. Atrás de uma árvore havia um enorme formigueiro, e ele falou:

— Aqui está o açúcar. Alimentei essas pobres formiguinhas.

Muito braba, dona Agustina puxou-o pela orelha para dentro de casa e depois foi emprestar açúcar da vizinha.

Enquanto ela estava preparando o bolo, Pedrinho ficou brincando na varanda com Caramelo, o gato da casa. Seu Feliciano estava assistindo televisão. Depois de algum tempo, dona Agustina falou:

— O bolo está pronto! Vem comer, Pedrinho, e leva um pedaço para seu avô. Agora vou tricotar na sala. Quero fazer um blusão bem quentinho para o Feliciano. Logo chega o inverno.

De repente, ela falou surpresa:

— Estão faltando alguns novelos de lã.

Nisso, ela ouviu o Caramelo miando na varanda e foi até lá. Estava a maior bagunça. Encontrou vários novelos de lã desenrolados e o pobre gato com as unhas enroscadas em alguns fios. Depois de soltar o gato e enrolar os novelos, foi furiosa atrás do Pedrinho, mas ele se fechou no quarto e ficou lá até sua vó se acalmar.

O tempo foi passando, e o menino não tomava jeito, só aprontava. Uma vez, o avô Feliciano estava lendo jornal na sala, enquanto Ritinha e Pedrinho brincavam ao seu lado. Seu Feliciano falou:

— Ritinha, vá buscar um copo de leite com mel para mim.

A menina trouxe o leite, ligou a televisão e sentou-se perto do avô. Dali algum tempo, seu Feliciano quis tirar um cochilo e colocou os óculos na mesinha. Ritinha foi para a varanda brincar com suas bonecas. Então, Pedrinho aprontou mais uma arte. Primeiro, escondeu os óculos do avô e, depois, foi até o quarto de sua irmã, pegou uma enorme boneca e a colocou sentada no sofá. Ao acordar, o avô disse:

— Puxa, cadê meus óculos?

Olhou para a boneca no sofá e falou:

— Ritinha, vai procurar os óculos do vovô. Espera um pouco, vamos conversar... Você mudou o cabelo? E está tão pálida! Precisa se alimentar melhor. Vou falar para a Agustina preparar uma sopa de feijão para você, querida. E como estão suas notas na escola? Conta pro vovô.

Nessa hora, dona Agustina entrou na sala e, admirada, perguntou:

— Com quem você está conversando?

— Com a Ritinha, não está vendo? Falei que está na hora de você também usar óculos, Agustina.

De repente, Pedrinho saiu de trás da porta morrendo de rir e correu para o terreiro. Ele estava cada vez mais impossível.

Bem, era hora de colocar Pedrinho na escola, e todos pensaram que, talvez, ele parasse com suas travessuras. Mas, estavam totalmente enganados. Já nos primeiros dias de aula ele aprontou com os coleguinhas: colocou um sapo dentro da mochila da Chiquinha, grudou chiclete na cadeira do Tobias, rabiscou os desenhos da Mariazinha, e muitas outras artes. Ele estava deixando a professora louca.

Alguns alunos, quando entravam na sala de aula, tinham hábito de levar uma flor para a professora. Certa manhã, Pedrinho chegou com uma caixa e entregou para a professora. Muito surpresa, ela falou:

— Parabéns, Pedrinho, pela gentileza. Estou curiosa para ver o presente.

Mas, quando a professora abriu a caixa, quase desmaiou! Todos saíram gritando e correndo da sala, enquanto Pedrinho rolava de rir. Dentro da caixa havia um gambá! As aulas foram suspensas por uma semana.

Pedro, sem saber o que fazer com o menino, falou para seu pai, Feliciano:

— Pedrinho só piora, dia após dia. É uma malandragem atrás da outra. Qual conselho o senhor tem para me dar?

— Não se desespere, filho. Um dia ele vai conhecer uma moça, vai se casar e se aquietar, assim como aconteceu com você.

— Mas, ele é apenas um menino, vai levar alguns anos ainda para isso acontecer.

Então, seu Feliciano, dando um sorrisinho, falou para Pedro:

— Bom, o que posso lhe desejar é que tenha fé, boa sorte e muita, mas muita paciência.

MÉLANIE E A BRUXA

Este é o conto de uma velha bruxa de nome Dulcinéa. Diferentemente de outras histórias, essa bruxa morava em um castelo que era vigiado por um gigante chamado Hildegardo. E por ela estar apavorantemente velha, já não se lembrava mais em como fazer alguns feitiços.

Dulcinéa tinha uma cozinha e uma despensa enorme, nas quais haviam vários mantimentos, mas alguém precisava preparar os pratos deliciosos, pois além de não se lembrar do feitiço para torná-los magicamente prontos, era também uma péssima cozinheira.

Nos fundos do castelo, havia uma plantação de melões enormes para alimentar o gigante. Quando Hildegardo os tirava, imediatamente outros cresciam, uma feitiçaria da bruxa. O coitado do gigante já estava enjoado de tanto comer melões. Até que, certo dia, a bruxa teve uma ideia: transformou-se em uma rainha e, enquanto o gigante vigiava o castelo, foi andar pela floresta em busca de alguém para cozinhar para ela. Após algum tempo, avistou uma linda jovem sentada perto de um riachinho, e sem perder a chance aproximou-se e disse:

— Olá, bela jovem. Como se chama?

Admirada, a moça respondeu:

— Me chamo Mélanie.

— Prazer, Mélanie. Sou a rainha Valéria.

— Puxa, uma rainha de verdade! Fico honrada em conhecê-la. Sabe, rainha, sempre tive o sonho de conhecer um castelo.

— Vou realizar o seu sonho. Queira me acompanhar.

E lá foram as duas em direção ao castelo. Quando chegaram, a primeira coisa que Mélanie falou, quase desmaiando, foi:

— Socorro! Um gigante!

— Não se aflija. Esse é Hildegardo. Ele não lhe fará mal.

Após passar o enorme susto, Mélanie entrou para conhecer o castelo. Ficou encantada com tudo. Depois de algum tempo, a falsa rainha disse:

— Aceita café com bolinhos, querida?

— Sim. É muita gentileza sua.

— Antes, quero lhe mostrar minha cozinha e minha despensa. Então, quando Mélanie entrou na cozinha, a bruxa disse:

— Estão aqui o pó do café e os ingredientes para preparar os bolinhos.

E diante dos olhos da jovem, Dulcinéa virou bruxa novamente. Apavorada, Mélanie tentou sair correndo dali, mas era tarde demais. Era prisioneira no castelo da bruxa. E seu apetite era enorme, a cada dia mandando-a preparar um prato diferente.

— Hoje quero arroz com cogumelos e asinhas de frango frito — falou a bruxa. E no dia seguinte:

— Prepare dois bifes suculentos, batatas assadas e, de acompanhamento, salada de pimentão, minha salada preferida. E de sobremesa, uma apetitosa torta de morangos.

E no outro dia:

— Hoje amanheci com uma vontade louca de comer pato assado recheado com farofa.

À noite, Mélanie estava exausta. Em certa manhã, Dulcinéa disse:

— Hoje vou visitar minha irmã Zenilda e meus sobrinhos. Só volto amanhã à noite. Quando chegar, quero um belo jantar.

Assim que a bruxa partiu em sua vassoura já desgastada pelo tempo, Mélanie observou Hildegardo comendo alguns melões e teve uma ideia: preparou várias tortas e, depois de prontas, subiu as escadarias e as levou até o terraço do castelo, abriu a janela e gritou:

— Hildegardo! Preparei algumas tortas para você! Estão deliciosas!

O gigante foi até lá e Mélanie disse:

— Fiz essas tortas para você.

— Para mim? Puxa, quanta gentileza!

Ele adorou as tortas e ficou muito feliz.

— O que você acha de sermos amigos? — perguntou Mélanie.

— Claro! Nunca tive amigos. Todos sentem pavor, porque sou um gigante, mas não quero fazer mal a ninguém.

— Eu sei disso.

De repente, Mélanie começou a chorar e pediu:

— Por favor, Hildegardo, me liberte daqui.

Ele pensou por algum tempo e respondeu:

— Sim, vou te libertar. Vamos embora daqui. Eu também não quero continuar servindo essa bruxa velha! Além do mais, não aguento mais comer melões!

Mélanie sentou-se no ombro de Hildegardo, e eles partiram. Depois de horas andando, eles avistaram um lindo castelo. Nele morava um príncipe. E como terminou essa história? Mélanie casou-se com o príncipe. E Hildegardo? O príncipe deu ordens para que todos os dias, duas cozinheiras preparassem tortas gigantescas para Hildegardo, que eram assadas em um enorme forno que o príncipe mandou construir ao lado do castelo.

E o que aconteceu com a bruxa? Sua irmã Zenilda e seus sobrinhos foram passar alguns dias com ela em seu castelo. Zenilda era bastante comilona e os sobrinhos adoravam tortas. Então, Dulcinéa teve que aprender na marra a cozinhar, ou seja, teve que botar as mãos na massa!

O BOSQUE DAS BORBOLETAS

Em um bosque encantado, existiam borboletas belíssimas, de inúmeras cores, que viviam ali na mais completa paz e felicidade. Esse bosque era conhecido como "O bosque das borboletas." Perto dali moravam duas irmãs, Fani e Mila.

Um dia, as meninas descobriram esse lugar maravilhoso. Elas ficaram fascinadas pela beleza das borboletas. Então, pensaram em algo. Voltaram para casa e deram início a um lindo jardim. Após alguns dias, elas terminaram. O jardim ficou magnífico, com vários tipos de flores. Elas o protegeram com paredes e uma porta de vidro.

Na manhã seguinte, foram até o bosque, caçaram muitas borboletas e as colocaram no jardim que fizeram. E continuaram a caçar as indefesas borboletas. Certo dia, Mila disse para Fani:

— Hoje vamos fazer diferente. Eu seguirei um caminho e você outro para caçar as borboletas.

Depois de algum tempo, Mila encontrou um lindo jardim de petúnias e disse para si mesma:

— Que flores mais lindas! Vou colher algumas e levar para casa.

Mas, de repente, apareceu uma bruxa e falou:

— Sua menina atrevida! Como ousa colher minhas belas petúnias? Já que você gosta tanto assim de flores, tenho um feitiço perfeito para você, sua intrometida!

E a bruxa transformou Mila em uma borboleta. Ela voou dali desesperada e, após algum tempo, encontrou Fani, que disse:

— Essa será a última borboleta que vou caçar hoje. Puxa! Apanhei-a.

Ela não fazia ideia de que a borboleta que capturara, na verdade, era sua querida irmã. Então, foi andar pelo bosque para encontrar Mila. Chamou por ela várias vezes, mas não a encontrou. Ficou aflita, mas sem saber mais o que fazer, voltou para casa. Quando chegou, prendeu as borboletas no jardim. Os dias foram passando, e Mila continuava prisioneira no jardim. Não suportando mais, ela olhou para as borboletas e falou:

— Eu não deveria estar aqui. Sou irmã da Fani. Uma bruxa malvada me transformou em borboleta.

Uma das borboletas respondeu:

— Agora você sabe o que sentimos presas aqui. Somos muito infelizes.

Assustada, Mila disse:

— Prendemos vocês aqui, porque as achamos muito bonitas. Não fizemos por mal.

— Queremos ser livres, sentir o Sol, as gotas de orvalho nas flores... Não existe sensação melhor. Queremos nossa liberdade.

— Mas, o que posso fazer? Agora também estou presa aqui.

— Acredito que sua irmã consegue ouvi-la. Você é única que pode nos libertar.

E então, apareceu a oportunidade perfeita. Fani estava sentada perto do jardim e, pensando em sua irmã, chorou. De repente, ouviu uma vozinha vindo do jardim:

— Fani! Sou eu! Sua irmã, Mila. Por favor, me tire daqui!

E novamente ouviu:

— Fani! Me tira daqui.

Assustada e confusa, Fani disse a si mesma:

— Devo estar ouvindo coisas. Parece que a borboleta falou comigo!

— Acredite! Falei sim. Sou eu, a Mila. Por favor, me liberte.

Então, Fani cuidadosamente abriu a porta de vidro, e a borboleta pousou em sua mão. Ao soltá-la, o feitiço se quebrou, e Mila apareceu diante dos seus olhos. As duas mal podiam acreditar que estavam juntas e se abraçaram muito felizes. Mila contou para Fani o que havia acontecido no bosque. Então, Mila falou:

— Precisamos fazer algo muito importante. Libertar as borboletas.

A porta de vidro foi aberta, e as borboletas voaram graciosamente, colorindo o céu, e retornaram para o bosque, onde viveriam livres e felizes. E Fani e Mila aprenderam uma grande lição.

O ser humano precisa se libertar de toda crueldade que carrega em seu coração, respeitar os animais e deixá-los viver em paz na natureza.

RUMO AO DESTINO

Um passarinho lindíssimo encontrou uma casa para, com seus cantos, alegrar. Nela moravam um casal com duas crianças. Então, todas as manhãs ele pousava na cerejeira do quintal e cantava lindamente, encantando a todos. Permaneceu ali por alguns dias e depois partiu.

Encontrou outra casa, onde morava um casal de velhinhos, e todos os dias enchia o coração deles de felicidade com seu canto maravilhoso. Mas, após alguns dias, ele também foi embora dali. E fez isso inúmeras vezes. Ele sempre voava para um novo lugar, encontrava uma nova casa e depois de alguns dias partia.

Até que em uma manhã, voando harmoniosamente, avistou uma casa amarela de madeira, com cortininhas brancas nas janelas e uma senhora regando o jardim. Seu nome era Madalena. Ela morava com sua filhinha, Carolina. Dona Madalena estava passando por uma fase muito dolorosa, pois faziam alguns meses que havia perdido seu amado filho, Rafael. Em sua casa haviam alguns pessegueiros. O passarinho pousou em um deles e passou a cantar melodiosamente, chamando a atenção da senhora. Dona Madalena, muito admirada, falou:

— Que passarinho mais lindo e que canto maravilhoso!

Ela chamou sua filha, Carolina, e disse:

— Veja, filha, que passarinho magnífico!

— Puxa, mamãe, ele é lindo mesmo. Será que vai aparecer outras vezes no nosso quintal?

— Espero que sim, filhinha. Que ele volte sempre para nos alegrar.

O tempo foi passando, e ele ali permaneceu.

As duas até compraram uma delicada casinha de madeira e um bebedouro, e colocaram em uma das árvores do quintal, e todas as manhãs despertavam com o canto melodioso do passarinho.

Bem, havia uma senhora chamada Berenice, que tinha um filho, o Eduardo, que era amiguinho de Rafael. Em um domingo, eles foram visitar dona Madalena. Eduardo levou algumas fotos para dona Madalena e falou:

— Quero lhe entregar algumas fotos do dia em que eu e o Rafael fomos passear no parque. Nesse dia, ele estava muito feliz. Conversamos muito, tomamos sorvete e jogamos bola. Realmente, foi um dia bastante divertido. Aí o Rafael sugeriu que tirássemos algumas fotos. Então, vim entregar para a senhora as fotos que tirei dele.

Dona Madalena agradeceu o gesto tão admirável de Eduardo, olhou todas as fotos e ficou emocionada. Eram momentos felizes de seu filho que guardará como recordação. E uma delas chamou sua atenção e a deixou surpresa. Ela, então, perguntou:

— Foi você quem tirou a foto desse passarinho?

— Não, dona Madalena. Quem tirou essa foto foi o Rafael. O passarinho pousou em uma das árvores do parque. Nunca tínhamos visto um passarinho assim, tão diferente e bonito.

E dona Madalena falou com lágrimas nos olhos:

— Esse passarinho é igual ao que canta todas as manhãs em nosso quintal e que nos dá paz e alegria. E com toda fé que guardo em meu coração, acredito que seja o passarinho que meu amado filho fotografou.

São os fatos inexplicáveis da vida. E a emocionante história " Rumo ao destino" é mais um fato misterioso.

SAMUEL E O GÊNIO DA LÂMPADA

Em um vilarejo, moravam cinco meninos, Samuel, Alex, Júnior, Marcelo e Leonardo. Os meninos eram amigos inseparáveis. Próximo ao vilarejo, havia um campinho, onde todo sábado eles se reuniam para soltar pipa e jogar bola. Eles se divertiam muito. Ao final da tarde, passavam na mercearia do senhor Aloísio e compravam alguns picolés. Levavam uma vida simples, mas muito feliz.

Em um sábado, quando os meninos estavam jogando bola, Samuel parou por alguns instantes sob uma árvore para descansar. No tronco da árvore, havia um buraco, e Samuel notou que tinha algo lá dentro. Era uma linda lâmpada, igual à lâmpada do filme do Aladim, dourada e com algumas pedrinhas brilhantes. Muito surpreso, o menino chamou seus amiguinhos e falou:

— Turma! Venham até aqui para ver o que encontrei!

— Puxa, Samuel, que lâmpada mais linda! __ admirado falou Leonardo.

— Estava no buraco da árvore.

— Será que tem algum gênio dentro dela? — perguntou Júnior.

— Não seja bobo, Júnior. Isso só acontece em filme — respondeu Marcelo.

Mas, de repente, para espanto deles, diante de seus olhos, apareceu um gênio, que disse:

— Ufa! Finalmente, um pouco de ar puro!

— Óhhhhhh – disseram os meninos ao mesmo tempo, admirados.

— Deixem me apresentar. Sou Faruk, gênio da lâmpada. Vou realizar um desejo para cada um de vocês. Entenderam?

Depois me tornarei um simples mortal. Foram muitos anos realizando desejos. Ser gênio dá muito trabalho.

Após os meninos se apresentarem para o gênio, ele perguntou:

— Quem vai ser o primeiro?

Então, Alex pediu:

— Quero uma linda bicicleta.

— Eu quero um carrinho bem bacana — falou Júnior.

— Um par de patins! – entusiasmado, pediu Marcelo.

Aí foi a vez do Leonardo:

— Desejo um aviãozinho elétrico.

Faltava apenas Samuel fazer um pedido. O gênio perguntou:

— E então? O que deseja, Samuel?

— Tenho três pedidos para fazer.

— Espera aí, Samuel! — indignado falou Alex.

— Será que você não entendeu? É somente um desejo, igual a todos nós.

E o gênio, repreendendo-o, disse:

— Isso mesmo, Samuel. É um pedido só, igual a todos.

Mas, o gênio, pensativo, perguntou:

— Só por curiosidade... Quais seriam esses desejos?

— Eu queria muito amor, paz e união para o mundo.

Todos ficaram admirados e envergonhados. Então, o gênio falou:

— Já realizei centenas de desejos, mas nunca alguém me pediu algo assim, tão admirável. Você é um menino de ouro, Samuel. Vou ser sincero com você... Nem que eu quisesse realizar seu desejo, não conseguiria, porque, infelizmente, nada posso fazer quanto a isso.

O gênio se despediu e entregou a Samuel sua lâmpada mágica.

Que benção seria para o mundo se o desejo de Samuel se tornasse realidade! É uma pena que ainda falte muito para isso acontecer.

PIERRE, O SAPO CONQUISTADOR

Em uma lagoa, no meio da floresta, morava um sapo muito convencido e com fama de conquistador. Ele se chamava Pierre. Todas as manhãs, ao despertar, olhava-se no espelho e dizia:

— Como sou belo! Por isso, as sapinhas ficam caidinhas por mim, pois quem, em sã consciência, resistiria a tamanha beleza?

Certo dia, apareceu na lagoa uma sapinha toda charmosa, a Merilim. Quando Pierre a viu, imediatamente foi até ela e falou:

— Qual é o seu nome, sapinha encantadora?

— Eu me chamo Merilim.

— E eu sou Pierre, ao seu dispor. O seu lindo nome me faz lembrar uma atriz de cinema, a Marylin Monroe.

— Puxa, fico lisonjeada. Você é muito gentil.

— A gentileza sempre me acompanha, *mademoiselle*.

A partir desse dia, Pierre jogou todo seu charme para conquistar a Merilim. Então, um dia, disse:

— Quero convidá-la para um jantar à luz do luar. Aceita?

— Claro que aceito.

— Tinha certeza! Perguntei por educação, pois bem sabia que não teria outra resposta a não ser sim!

Chegada a hora, Pierre foi se arrumar. Vestiu seu terno listrado, gravata borboleta, seu sapato de couro legítimo e ficou esperando por Merilim. Enfim, ela chegou, e ele disse:

— Está encantadora, minha deusa do Nilo.

— Obrigada. Você é muito galanteador.

Após o jantar romântico, apreciando a sinfonia dos grilos e o brilhar dos vagalumes, Pierre se declarou:

— Estou apaixonado por você. Aceita ser minha namorada?

— Sim! Aceito! — respondeu ela, suspirando.

O tempo foi passando e, um dia, Pierre falou:

— Vou dar um passeio na floresta, minha princesa!

Após algum tempo, ele avistou uma lagoa. De repente, ouviu alguém cantarolando. Quando se aproximou, encontrou uma linda sapinha. Para impressioná-la, disse:

— *Good morning*! Essa voz maravilhosa me atraiu até aqui. Como é seu nome, colírio para os olhos?

— Ai, que encanto! Eu me chamo Dalila. E você?

— Me chamo Pierre.

Sem perder tempo, ele lançou seu olhar de conquistador e perguntou:

— Me diga, o que você acha de eu ser o seu Sansão?

Ela respondeu, admirada:

— Puxa, que romântico.... Mas, não está indo rápido demais? Afinal, mal nos conhecemos.

— Não seja por isso. Que tal nos encontrarmos amanhã?

— Combinado! Até amanhã, então.

E Pierre continuou fazendo seus passeios na floresta para se encontrar com Dalila, até que Merilim, já desconfiada, seguiu-o e descobriu o seu segredinho. Muito brava e decepcionada, perguntou:

— O que significa isso?! Quem é essa sirigaita?

E iniciou-se um grande rebuliço. Até que Dalila falou, chorando:

— Você me enganou! Nunca mais quero te ver!

— E eu vou para a casa da mamãe! — disse Merilim, descontrolada.

— Me perdoa, querida, foi um deslize. Só tenho olhos para você!

Depois de um longo tempo, ele a convenceu a voltar para a lagoa.

Mas, Merilim estava decidida a se vingar. Certo dia, ela foi visitar sua irmã, e as duas tramaram algo. Pierre estava se refrescando na lagoa, quando Merilim voltou e disse:

— Pierre, essa é Cremilda, minha irmã solteirona.

Quando Pierre a viu ficou chocado. Parecia ter visto uma assombração. Para disfarçar o susto, disse:

— Encantado! Sou o Pierre.

Cremilda falou:

— Ele é como você contou, Merilim. Além de ele ser lindo, é também um verdadeiro cavalheiro. A flecha do cupido acertou em cheio meu coração! Estou apaixonada!

Apavorado, Pierre falou:

— Sei que sou irresistível, mas já sou comprometido com a Merilim!

Porém, Merilim disse:

— A partir de agora não é mais! Arrumei a mala e vou para a casa da mamãe! Adeus!

E então, Cremilda, olhando para ele, falou:

— Que tal vir até aqui me dar uma beijoca? Me arrumei toda para conhecê-lo! Inclusive, estou usando meu batom preferido, vermelho paixão!

Desesperado, Pierre saiu pulando o mais depressa possível para encontrar outra lagoa, de preferência bem, mas bem distante, dali!

O PÁSSARO DA FELICIDADE

Em um castelo, moravam um rei e uma rainha chamados Tércio e Cesária. Eles tinham uma linda filha, a Louise. Estava se aproximando o aniversário da princesa e os preparativos para a festa já estavam a todo vapor. Por ordem do rei, tudo tinha que sair perfeito. Então, chegou ao castelo uma senhora, que se apresentou:

— Meu nome é Gioconda. Sei preparar pratos deliciosos e gostaria muito de trabalhar na cozinha do castelo para mostrar meus dotes culinários no dia do aniversário da princesa, com permissão do digníssimo rei, é claro.

Os guardas a levaram ao rei Tércio, e ele lhe deu permissão para trabalhar na cozinha. Os dias passaram, e chegou o tão aguardado aniversário. Tudo estava maravilhoso, e Louise estava lindíssima, usando um vestido verde magnífico.

Os convidados começaram a chegar, trazendo muitos presentes valiosos, como um maravilhoso colar de pérolas, um anel lindíssimo de ouro com uma pedra de rubi, tecidos finos da mais pura seda, um esplêndido bracelete de ouro e diamantes, entre outros presentes valiosíssimos e de indescritível beleza. Então, chegou ao castelo um rapaz, que falou aos guardas:

— Me chamo Joshua. Trouxe um presente para a princesa Louise.

Os guardas comunicaram o rei e a rainha, e eles permitiram que o rapaz entrasse para entregar o presente. Ele falou:

— Vossas majestades, meu nome é Joshua e trouxe um presente especial para a princesa, este maravilhoso e belo pássaro. Ele é conhecido como "O pássaro da felicidade."

O rei disse:

— Como se atreve a oferecer para minha amada filha um simples pássaro? Além do mais, minha querida filha já é muito feliz!

A rainha Cesária concordou:

— Sim. Louise é muito feliz.

E o rei falou severamente para os guardas:

— Acompanhem-no até a porta do castelo!

Mas, a princesa fez um pedido ao pai:

— Papai, quero ficar com o pássaro. Eu me encantei por ele. É tão gracioso!

Após pensar algum tempo, o rei concordou, e o rapaz foi embora. Então, os valiosos presentes e o pássaro foram levados para o quarto da princesa, e todos sentaram-se à mesa. As cozinheiras, inclusive Gioconda, colocaram diversos pratos deliciosos na mesa, e todos iniciaram o banquete. Mas, dali a algum tempo, Gioconda falou:

— Quero todos os presentes valiosos da princesa!

E diante dos olhos de todos, virou uma bruxa. Sim, a humilde e inofensiva cozinheira era, na verdade, uma terrível bruxa! O rei imediatamente chamou os guardas, mas ela lançou um feitiço e os transformou em ratos, que passaram a andar entre os convidados e a fazer com que eles, em pânico, saíssem correndo para fora do castelo. Em seguida, lançou outro feitiço, e o rei Tércio e a rainha Cesária viraram estátuas de pedra. Então, a bruxa falou para Louise:

— Traga todos os seus presentes!

E depois, dando muitas gargalhadas, foi embora, levando os presentes de Louise.

— O que farei agora? — disse a princesa, chorando.

Nesse momento, ela saiu do castelo e foi procurar Joshua. Após algum tempo, encontrou-o e disse:

— Uma bruxa terrível transformou meus queridos pais em estátuas de pedra e os guardas em ratos, e levou todos meus presentes! O "pássaro da felicidade" só me trouxe infelicidade.

Joshua acompanhou Louise até o castelo e, ao entrar, perguntou:

— Onde está o pássaro?

— No meu quarto.

— Traga-o aqui.

Então, algo mágico aconteceu: o pássaro começou a cantar tão alto que seu lindo canto repercutiu em todo o interior do castelo e quebrou o feitiço maligno da bruxa. A princesa mal acreditou e, abraçando seus pais, explicou a eles o que havia acontecido. O rei e a rainha agradeceram a Joshua, e o rei disse:

— Quero te recompensar. Pode pedir o que desejar. E então, o que quer?

E Joshua respondeu:

— Peço permissão para cortejar a princesa Louise.

E assim o rei permitiu. Passado algum tempo, Joshua pediu a mão de Louise em casamento e, nesse dia, mais uma vez o pássaro cantou lindamente, enchendo o castelo de felicidade. E a bruxa? Com o passar dos anos, ela se deu conta de que todos os seus preciosos bens não tinham mais importância alguma, pois além de velha, acabou sozinha e muito infeliz.

VANDA E AS ESTRELAS

Vanda era uma doce menina, que sentia verdadeiro encanto pelas estrelas. Todas as noites, admirava-as e dizia:

— Puxa, como são lindas! Iluminam o céu com seu brilho encantador. Como eu gostaria de poder tocá-las.

Então, certa noite, Vanda teve um lindo sonho. Sonhou que estava em um campo e logo encontrou um caminho onde havia muitas hortênsias. Seguiu por ele e chegou em um lugar magnífico. Lá, as árvores tinham folhas prateadas e lindos passarinhos azuis pousavam nas árvores.

Subitamente, Vanda avistou algumas crianças, que vieram em sua direção. De mãos dadas e muito sorridentes, elas começaram a brincar de roda, enquanto cantavam uma música linda, e convidaram a menina para brincar também. Foi uma sensação mágica. Logo em seguida, elas partiram dali.

Vanda, então, deitou-se na relva macia, que chegava até a acariciar seu rosto, e relaxadamente, acabou dormindo. Após algum tempo, ela despertou, olhou para o céu, e lá estavam elas, as magníficas estrelas. Estavam tão lindas e tão radiantes como jamais havia visto. De repente, algo mágico aconteceu. As estrelas começaram a cair do céu. Era, realmente, uma visão linda para se admirar. E Vanda falou, emocionada:

— Está chovendo estrelas! Está chovendo estrelas!

Ela ficou com as mãos abertas, enquanto as estrelas nelas caíam. Em seguida, flutuou e rodopiou em meio àquela chuva de estrelas, que, após algum tempo, subiram em direção ao céu. Então, Vanda deitou-se novamente na relva macia e adormeceu. Quando acordou, estava em seu quarto. A menina levantou-se da cama e foi rapidamente para o quarto de sua mãe. Toda feliz e empolgada, contou:

— Mamãe, tive um sonho maravilhoso!

E sua mãe falou:

— Deite-se aqui ao meu lado, querida, para me contar seu sonho.

— Estrelas caíam do céu como uma chuva, e algumas pararam em minhas mãos. Em seguida, flutuei e rodopiei no meio delas.

— Puxa, que sonho mais lindo!

— Parece até que foi real, mamãe!

— Sabia que, às vezes, os sonhos se tornam realidade? Há alguns anos sonhei que estava na presença de Deus e lhe fiz um pedido: que enviasse para mim uma estrela. E Ele atendeu meu pedido.

— Nossa! A senhora nunca me contou isso! Onde está a estrela que ganhou de Deus?

— Ela está aqui ao meu lado. Você, minha filha, é a mais linda e especial estrela que ilumina a minha vida.

E as duas se abraçaram nesse momento de muita ternura e muito amor.

AS BRUXAS

Esse conto é sobre duas bruxinhas, Samantha e Veruska. Elas ganharam de uma velha tia, a Berlinda, um livro de feitiços, e desde esse dia as duas competiam e brigavam para ver qual delas possuía maior poder e fazia os melhores feitiços. Todos os dias era sempre a mesma coisa. A mãe delas, uma bruxa chamada Ágata, dizia:

— Daqui a pouco farei o almoço. Mexam-se!

Então, Samantha falava:

— Vou acender o fogo!

E apontando para as lenhas, elas queimavam.

— E quem vai colocar os ingredientes no caldeirão para preparar a sopa sou eu! — revidava Veruska. — Deixa eu conferir os ingredientes... Asinhas de morcego, cogumelos venenosos, musgo, salamandras e, o último, algumas folhas de urtiga braba para dar um toque especial.

E lançando um feitiço, os ingredientes flutuavam, indo direto para o caldeirão.

— Qual toalha coloco na mesa hoje, mamãe? Aquela dos desenhinhos do drácula ou a dos crocodilos? — perguntava sempre Samantha.

— Escolha a que quiser. As duas são maravilhosas!

— Deixe-me ver... Uni duni te, a escolhida foi você! Vai ser a toalha com os desenhos do drácula!

E a toalha flutuava e cobria a mesa.

Após o almoço delicioso, as duas iam para fora para fazer mais feitiços.

Um dia, Veruska disse:

— Olha! Aquele gato está perseguindo um rato. Já vou dar um jeito nisso!

E o rato ficou enorme, quase matando de susto o gato malvado.

Já Samantha viu uma macieira carregada de maçãs verdes e falou:

— Fique olhando para as maçãs.

E as maçãs ficaram maduras, bem vermelhinhas. Então, Veruska jogou algumas sementes de abóbora na terra, e com um feitiço nasceram abóboras gigantescas.

— Isso não é nada! — retrucou Samantha. — Veja só o que vou fazer com aquele banco velho. — E o banco virou um cavalo, que saiu trotando.

O tempo passava, e elas não paravam com essa rixa. Até que, um dia, a mãe delas falou:

— Vocês duas estão me deixando maluca!

Falando isso, arrumou sua mala, subiu na vassoura e seguiu em direção ao sul para morar com uma prima. E Samantha e Veruska ficaram sozinhas, uma suportando a outra.

Os anos foram passando, e as duas continuavam a agir do mesmo jeito. Mas, num certo dia, algo aconteceu para mudar radicalmente suas vidas. Como estavam sempre brigando, por coincidência do destino, as duas falaram o mesmo feitiço ao mesmo tempo. Quando se olharam, já era tarde demais, haviam se transformado em duas sapas, até mesmo usando seus chapéus de bruxa. Elas ficaram assombrosamente horríveis. Então, as duas, pulando e coaxando, foram até uma lagoa que ficava perto da casa delas. Será que agora as duas viveriam em harmonia? Bom, não foi o que aconteceu.

Em uma tarde, Samantha estava caçando grilos e insetos, e Veruska falou:

— Acho que precisa fazer uma dieta. Viu como engordou?

— Será que você não se enxerga? Se for o caso, eu te arrumo um espelho.

E as brigas não pararam por aí. Certa vez, Samantha disse:

— Vamos ver quem coaxa mais alto?

E só pararam quando já estavam roucas.

Em uma manhã, apareceu na lagoa um sapo que chamou a atenção das duas. Ele tinha porte atlético e pulava bem alto para se exibir. Quando as duas o viram, ficaram caidinhas por ele. Aproximaram-se, e Veruska falou:

— Olá! Sou a Veruska. Fiquei encantada por você. Quer ser meu namorado?

— Nada disso! Eu o vi primeiro! — reclamou Samantha, irritada.

Enquanto as duas discutiam, o sapo, mais do que depressa, deu no pé!

E como termina este conto? Não termina, pois, pelo jeito, essas duas ainda brigarão por um longo tempo. Mas, milagres acontecem. Quem sabe, um dia, elas parem de brigar.

JHON, O GIGANTE

Jhon era um gigante que se sentia muito infeliz e solitário, pois as pessoas, quando o viam, corriam apavoradas para bem longe dele. Seu maior desejo era ter amigos, mas bem sabia ele que isso jamais aconteceria. Porém, um belo dia, um garoto chamado Matheus foi até a floresta e viu Jhon chorando. Então, aproximou-se dele e falou:

— Oi, senhor gigante. Por que está chorando?

Jhon, muito admirado, disse:

— Oi, garotinho. Não está com medo de mim?

— Não, não estou. Minha avó sempre conta histórias para mim, inclusive de gigantes, mas nelas eles nunca choram. Achei muito estranho vê-lo chorar. Por que está tão triste assim?

— Porque não tenho amigos. Quem vai querer ser amigo de um gigante? Sei que provoco medo nas pessoas, mas não quero de maneira alguma lhes fazer mal.

— Eu não tenho medo de você. Quero ser seu amigo.

— Puxa! Verdade? Nem imagina como estou feliz!

E o gigante começou a festejar e a repetir:

— Agora tenho um amigo! Agora tenho um amigo!

E então, perguntou:

— Como você se chama?

— Me chamo Matheus. E você?

— Sou o Jhon.

— Prazer, Jhon.

— Mas estou curioso... Afinal, o que veio fazer na floresta?

— Eu moro em uma vila perto daqui e de vez em quando venho pescar em um riachinho que fica nas redondezas. Mas, hoje a pesca não foi lá essas coisas... Quero muito que me acompanhe até a vila. Vou apresentar você para minha família e para os outros moradores.

— Puxa, adoraria, mas não acho que seja uma boa ideia. Todos vão ficar morrendo de medo ao me ver.

— Fique tranquilo. Tudo vai dar certo, amigão.

Então, Matheus e o gigante seguiram para a vila. Quando chegaram, as pessoas gritaram, desesperadas:

— Um gigante!

— Fujam!

— Vamos nos esconder!

Muito triste, Jhon falou para Matheus:

— Tinha certeza de que não era uma boa ideia. Adeus, meu amiguinho.

— Espera, Jhon, vou chamar o pessoal. Ei, gente! Não precisam ter medo. O gigante não lhes fará mal! Ele é meu amigo.

Mesmo ainda apavoradas, aos poucos as pessoas foram aparecendo, e o gigante disse:

— Prazer! Sou Jhon. Gostaria muito de ser amigo de vocês também.

Elas se aproximaram e viram que ele realmente não lhes faria mal algum.

Matheus disse:

— Quero que o Jhon fique morando aqui na vila. Ele vive solitário e é muito infeliz.

Os moradores conversaram para resolver o que fariam. Depois de algum tempo, decidiram que ele podia ficar. O desejo dele se realizou, e ele ficou radiante de alegria. Agora tinha muitos amigos.

Os dias foram passando, e todos da vila cada vez mais se afeiçoavam ao gigante, inclusive uma linda jovem chamada Helena. Ela era bondosa e muito amável. Numa manhã, Matheus falou:

— Vou pescar no riachinho da floresta. Quer me acompanhar, Jhon?

— Claro, amiguinho.

E lá foram os dois para a floresta. Após algum tempo, chegou na vila um cavaleiro acompanhado por vários soldados. Ele disse:

— Estou em busca de uma jovem para ser minha noiva.

Quando ele viu Helena, ficou fascinado pela sua beleza e perguntou:

— Quem é você, jovem encantadora?

— Eu sou Helena.

E então, ele disse com austeridade:

— Você será minha noiva!

E o perverso cavaleiro, com os soldados, raptaram Helena. Quando Matheus e Jhon voltaram, os moradores, desesperados, contaram o que havia acontecido. O gigante foi atrás de Helena e, após andar um pouco, ele avistou um castelo. Aproximou-se e viu Helena pedindo por socorro na torre. Ao verem o gigante, os soldados ficaram prontos para atacar.

Havia ali vários pinheiros. Jhon fechou as mãos e bateu fortemente no solo, e os soldados foram lançados para esses pinheiros, e ficaram pendurados nos galhos. O cavaleiro tirano tentou fugir, mas o gigante o jogou dentro de um curral onde havia vários porcos. E lá ficou ele, no meio dos porcos e da lama. Jhon pegou Helena, e eles voltaram para a vila. Quando chegaram, os moradores falaram:

— Viva! Viva! O Jhon é nosso herói!

Além de amigo, Jhon agora também era um verdadeiro herói. E todos viveram felizes para sempre.

MARINA, UM SONHO DE MENINA

Esta é a história de Gabriel e Marina. Gabriel morava com seus pais em um bairro tranquilo e de pessoas muito amigáveis.

Em uma bela manhã, chegou ao bairro uma nova família. Eles haviam comprado a linda casa vizinha à de Gabriel. O senhor tinha um ar bastante sério, já a senhora era muito sorridente, e ao lado deles havia uma menina de cabelos compridos, que olhava para casa com muita admiração. Após um longo tempo, finalmente foi descarregada toda a mudança. Dali alguns dias, dona Leonora, mãe de Gabriel, preparou um bolo e disse para ele:

— Vou levar esse bolo para nossos novos vizinhos. Quer ir junto, meu filho?

— Não, mamãe. Vou ficar brincando de bola no pátio.

Quando dona Leonora voltou, disse:

— Que senhora mais agradável! Gostei muito de conversar com ela. E sua filha é linda e muito educada. O nome dela é Marina.

E os dias foram seguindo. Até que, numa tarde, o menino estava brincando no pátio com seu cachorro, Spoke, e viu Marina pulando corda no jardim. Com timidez, ele foi até o muro e falou:

— Olá! Me chamo Gabriel.

— Olá! E eu me chamo Marina.

— Sim, minha mãe me contou, e disse também que te achou muito bonita.

— Muito obrigada

— Está gostando da nova casa?

— É maravilhosa. Estou muito feliz aqui. Venha conhecê-la qualquer dia.

— Vou sim.

A partir desse dia, nasceu uma bela amizade entre Gabriel e Marina. Os dois sempre se visitavam e passavam horas muito agradáveis juntos. Assistiam TV, jogavam joguinhos bem divertidos, faziam piquenique e conversavam sobre várias coisas. Marina também adorava brincar com Spoke. Às vezes, as famílias se reuniam para o almoço de domingo. Eram momentos de pura alegria. Em uma bela manhã, Gabriel foi até o portão da casa de Marina e falou:

— Está um dia lindo. Vim te convidar para andar de bicicleta no parque.

O parque ficava bem perto de suas casas. Gabriel arrumou algumas coisas em sua mochila — doces e refrigerantes — e foram fazer o passeio. Chegando lá, encontraram uma sombra para comer os doces e tomar os refrigerantes. Depois, deram algumas voltas de bicicleta no lago. Estava sendo realmente um dia muito bom.

Marina já estava cansada e foram se sentar à sombra para descansar e conversar. Ela adorava contar as novidades. Então, apareceu no parque um coleguinha de Gabriel, que disse a ele:

— Oi, Gabriel! Quer jogar bola comigo?

— Desde que Marina não se importe, é claro — respondeu Gabriel.

— Sem problema algum — disse Marina.

Enquanto eles jogavam, Marina apanhou a mochila de Gabriel para pegar um refrigerante e acabou encontrando um diário. Morrendo de curiosidade, leu algumas páginas e ficou surpresa. Gabriel tinha várias anotações no diário, inclusive sobre o dia em que tinham se conhecido e os dias que passavam juntos. Quando Gabriel voltou, Marina não comentou nada, tudo que descobriu guardou em seu coração. Os dois retornaram para casa. O passeio no parque foi incrível.

Bem, estava se aproximando a época do Natal e esse seria o primeiro Natal que passariam juntos. Enfim, chegou a data especial. Gabriel foi até a casa de Marina. Ela estava linda, usando um vestido azul e um lindo laço nos cabelos. Gabriel lhe deu um lindo urso branco de pelúcia de presente. Marina adorou e também deu um presente para Gabriel, um maravilhoso livro. Os dois se abraçaram e depois, de mãos dadas, foram até a varanda para admirar as estrelas, que nessa época parecem estar ainda mais radiantes. Eles vão recordar desse dia para sempre.

Os anos passaram. Gabriel e Marina acabaram se casando e formaram uma família maravilhosa, com seus dois filhos, Alan e Diana, e são gratos por tudo de bom que a vida lhes proporcionou. Até hoje Marina guarda com todo carinho o urso de pelúcia e Gabriel continua escrevendo suas anotações em seu diário. E em uma mais recente, escreveu o seguinte: "Marina, você é e sempre será o amor de minha vida. Sem você não sei viver, minha mulher, minha menina. Marina, minha doce e amada Marina".

O PAPAGAIO LUDOVICO

Essa é a história do papagaio Ludovico. Ele era o bichinho de estimação de uma senhora que se chamava Amália. O papagaio falava por cem. Todas as manhãs acordava dizendo:

— Ludovico quer bolacha! Ludovico quer banana!

E lá ia dona Amália levar as bolachas e a banana para ele. E enquanto ela preparava o café, o papagaio falava eufórico:

— O leiteiro chegou! O leiteiro chegou!

Após o café, antes de limpar a casa, dona Amália ligava a TV para Ludovico ver seu desenho preferido. Fazendo festa, ele dizia:

— *Scooby doo be doo! Scooby doo be doo!*

Era assim todos os dias.

Certa vez, dona Amália precisava se ausentar por duas semanas para visitar sua mãe, que estava doente. Ela levou o Ludovico até a casa da vizinha e falou:

— Bom dia, dona Berenice. Preciso me ausentar por duas semanas, pois vou ficar com minha mãe, que não está bem de saúde. Gostaria de saber se posso deixar o Ludovico aqui.

— Pode sim, dona Amália, para isso servem os vizinhos. O meu filho, Marquinhos, e minha filha, Larissa, adoram animais.

— Ele adora bolacha e banana pela manhã — disse dona Amália.

Depois de ela se despedir, o papagaio ficou calado enquanto observava a casa. Na manhã seguinte, dona Berenice lhe deu as bolachas e banana, mas Ludovico continuava calado. Marquinhos e Larissa conversavam com ele para ver se ele falava alguma coisa, mas nada. Preocupada, dona Berenice falou para seu marido, Norberto:

— Acho que o papagaio está doente, pois não falou nenhuma palavra ainda. Vamos ligar para o veterinário.

O veterinário chegou, examinou Ludovico e disse:

— Ele não está doente. Provavelmente, estranhou a casa.

Os dias foram passando e, enquanto a família seguia sua rotina normalmente, Ludovico continuava quieto, mas sempre atento a tudo.

— Estou indo para o trabalho — disse Norberto.

— Bom trabalho para você, querido. Também tenho muito serviço para fazer na casa. Ser dona de casa não é fácil! — respondeu dona Berenice.

Passado mais um tempo, ela ligou para sua melhor amiga e disse:

— Olá, Silvia! O que você acha de irmos até o *shopping*? Vi um vestido maravilhoso e quero comprá-lo. Fica só entre nós duas.

Silvia topou e, após dona Berenice se ajeitar toda, elas foram até o *shopping*. E Ludovico só ouvindo, prestando atenção em tudo. À tardezinha, seu Norberto voltou do trabalho e dona Berenice estava preparando o jantar. Ela foi até a sala e disse:

— Oi, querido. Logo o jantar estará pronto. E tenho uma surpresa para contar. Sábado, a mamãe e a Glória vêm almoçar aqui. Que surpresa boa, né?

E dona Berenice voltou para a cozinha. Então, seu Norberto, descontente, resmungou:

— Aguentar dona Deolinda... Que Deus me dê paciência! Sogra é um pesadelo!

Marquinhos também ouviu a conversa e, preocupado, foi até o pai e perguntou:

— Papai, será que a tia Glória vai trazer nhoque recheado com ricota e espinafre?

— Com certeza, meu filho.

— Eca! — disse Marquinhos, com o estômago embrulhado.

Ludovico, como sempre, calado e prestando atenção em tudo que acontecia.

No sábado pela manhã, Larissa telefonou para sua amiga e falou:

— Vamos até a Loja da BRITENEY comprar alguns batons?

Larissa, então, falou para sua mãe:

— Mãe, vou até a casa da Gil estudar, mas estarei aqui na hora do almoço.

Enfim, estava tudo pronto. Dona Deolinda foi a primeira a chegar, e após alguns minutos, chegou a tia Glória, trazendo o seu famoso nhoque recheado com ricota e espinafre. Após algum tempo de conversa, eles se sentaram à mesa. De repente, sem mais nem menos, Ludovico, num alvoroço só, começou a falar:

— Loro! Loro!

Admirado, Marquinhos disse:

— Escutem só! O Ludovico falou, pessoal!

Porém, aconteceu algo que ninguém esperava. Ludovico botou a boca no trombone:

— Comprar vestido no *shopping*! Comprar vestido no *shopping*!

— Ter sogra é um pesadelo! Ter sogra é um pesadelo!

— Eca! Nhoque de ricota e espinafre. Eca!

— Loja da BRITENEY! Loja da BRITENEY!

E a confusão estava formada!

Bom, após um longo e conturbado almoço, dona Deolinda e tia Glória foram embora sem se despedir, seu Norberto foi ler jornal, Marquinhos e Larissa foram assistir TV e dona Berenice foi lavar a louça. Então, alguém bateu na porta. Era dona Amália para pegar o Ludovico.

— Boa tarde, dona Berenice. Cheguei de manhã. Vim buscar o Ludovico. Quando o papagaio viu dona Amália, fez a maior festa, e ela disse:

— Que saudades, Ludovico! Vem com a mamãe! Obrigada, dona Berenice, e desculpe pelo incômodo.

— Imagina, não foi incômodo algum. O Ludovico é um amor. E o papagaio aprontou de novo e falou:

— Mentira! Mentira!

Toda incomodada e sem graça, dona Berenice disse:

— Por favor, cala o bico Ludovico!

JOÃOZINHO E A RAPOSA

Joãozinho morava em um sítio onde havia várias galinhas. Todas as manhãs, ele juntava ovos, colocava-os em uma cestinha e saía para vendê-los. Uma vez, encontrou uma raposa, que lhe disse:

— Olá, garotinho. Eu sou a Jeniffer. Puxa, quantos ovos está levando nessa cesta, hein?

— Olá! Eu sou Joãozinho. Saio todas as manhãs para vender ovos lá do sítio onde moro.

— Você pode me dar um ovo? Estou faminta.

Então, ele lhe deu um. Na manhã seguinte, encontrou novamente a raposa. Ela falou:

— Oi! Lembra de mim?

— Sim. Jeniffer, né?

— Você tem boa memória! Pode me dar dois ovos hoje?

— Sim, posso.

— Você tem um grande coração.

No dia seguinte, ele encontrou de novo a raposa e ela lhe pediu:

— Que tal três ovos hoje?

— Tudo bem. Toma, dona raposa.

Mas, Joãozinho já estava ficando preocupado com essa situação e falou para Jeniffer:

— Olha, sei que está faminta, mas não posso mais continuar te dando ovos, pois tenho que vendê-los. Sinto muito.

— Sem problema. Escuta, quer conhecer onde moro? É pertinho daqui.

Quando chegaram, ela disse:

— Moro aqui nesta toca.

Quando ele se aproximou, saíram da toca quatro filhotinhos de raposa, e Jeniffer falou:

— Quero apresentar meus filhinhos: Mia, Flor, Jimy e Peter.

— Puxa, então os ovos eram para eles. Desculpa, estou muito envergonhado.

— O que uma mãe não faz pelos seus filhinhos... — falou a raposa, quase chorando.

— Pode deixar que irei pensar em algo para ajudá-la — comentou o menino, preocupado.

No dia seguinte, ao encontrar Jeniffer, falou:

— Seu problema está resolvido!

Joãozinho havia levado para ela algumas galinhas, que estavam presas em um saco. Quando ela viu, falou:

— Agora terei ovos para sustentar meus filhinhos. Obrigada, Joãozinho.

Porém, ele disse:

— Quero fazer um trato. Quando seus filhotinhos crescerem, quero que devolva minhas galinhas. Combinado?

— Trato feito. Com certeza vou devolvê-las. Pode ficar tranquilo.

O tempo passou. Joãozinho foi até a toca da raposa para buscar as galinhas, mas não achou nem Jeniffer nem as galinhas. Quando estava voltando, deu de cara com seu amiguinho Denis. Ele, então, falou:

— Oi, Joãozinho como vai? Preciso te mostrar algo que descobri.

Após andarem um pouco, Denis apontou para uma barraca. Nela estava escrito: BARRACA DA JENIFFER. E do lado tinha um cartaz: VENDEM-SE OVOS CAIPIRA. E lá estava a raposa, toda feliz da vida. Joãozinho ficou chocado, mas fazer o quê? Ele tinha uma concorrente.

MIRÉAS E O CASTELO DE OURO

Há muito tempo, em um reino distante, havia um rei chamado Miréas. O castelo do rei Miréas era de ouro e foi construído por seus escravos, que trabalhavam exaustivamente na mina que lá havia. No coração dele só havia cobiça e maldade e todos os cidadãos sentiam repugnância pelo maldoso e desumano rei.

Esse rei pretendia se casar para ter uma rainha que reinasse com ele, mas desejava alguém que não estivesse interessada apenas em suas riquezas. Então, ele resolveu partir do castelo para procurar em outras terras a escolhida para ser a futura rainha. Mas, antes, ele foi até um feiticeiro e, após conversarem, o bruxo falou:

— Sei exatamente o que fazer para ajudar vossa majestade.

Lançando um feitiço, transformou o rei Miréas em um simples camponês e disse:

— A partir do instante em que pedir a escolhida em casamento e ela aceitar, o feitiço irá se quebrar e voltará a ser rei novamente.

E ele partiu e iniciou sua busca por aquela que ocuparia o trono ao seu lado. Após um longo tempo, finalmente, encontrou alguém por quem se apaixonou. Ela era uma linda camponesa chamada Nadine. A jovem também ficou encantada por ele, e assim que a pediu em casamento e ela aceitou, ele voltou a ser rei.

Nadine, logicamente, ficou apavorada e sem entender o que estava acontecendo. O rei lhe explicou tudo e falou que estava verdadeiramente apaixonado por ela e que pretendia fazê-la muito feliz. E a levou para seu castelo de ouro. Ao chegarem, Nadine ficou admirada pela beleza extraordinária do castelo, mas o que lhe importava mesmo era que o rei cumprisse com o que lhe havia prometido: fazê-la feliz. Passados alguns dias, eles se casaram, e Miréas disse:

— Agora, querida, você reinará junto a mim.

Mas, o tempo foi passando, e Nadine descobriu quem realmente ele era, um rei maldoso e cruel, e uma forte tristeza se apoderou do seu coração. Não desejava mais ser a rainha de um rei tão perverso. Então, certa manhã, ela foi passear a cavalo. Em certo momento, ela se sentou sob uma árvore e, pensando em tudo o que já havia acontecido, chorou. As lágrimas rolavam pelo seu rosto. De repente, o feiticeiro apareceu e perguntou:

— O que aconteceu? Por que está chorando?

— Sou a rainha Nadine, esposa do rei Miréas. Sou muito infeliz sendo a rainha de um rei maldoso e cruel.

O feiticeiro falou:

— Vossa majestade, precisamos conversar. Quero confessar algo que fiz, mas de que agora me arrependo muito.

E o feiticeiro, muito arrependido, contou tudo o que havia acontecido para a rainha Nadine, pediu seu perdão e disse:

— Prometo à vossa majestade que pensarei em algo para colocar um fim em todo o mal que lhe causei.

E o feiticeiro foi embora.

Então, chegou o aniversário do rei Miréas. O feiticeiro foi até o castelo e falou para os guardas:

— Trago um presente para o rei.

Miréas estava comemorando junto aos seus convidados quando os guardas lhe entregaram o presente. Era uma bebida dentro de uma garrafa dourada. O rei colocou a bebida em sua taça, e os convidados falaram:

— Um brinde ao rei!

Mas, no momento em que ele acabou de beber, algo assombroso aconteceu. O perverso rei virou uma estátua de ouro. Apavorados, todos saíram às pressas do castelo. E esse foi o fim do rei Miréas.

A rainha Nadine deu ordens aos guardas para o levarem à frente do castelo, e lá ele permaneceu para que todos os cidadãos vissem o que havia acontecido ao impiedoso rei Miréas.

O CONTO DE RÂNIA, A CIDADE DOS RATOS

Existia uma cidade na qual moravam muitos ratinhos. Seu nome era "Rânia a cidade dos ratos." Nela, os roedores viviam felizes e em completa harmonia.

Havia um casal de ratos, Fredo e Étel, que eram pais de um esperto ratinho, o Peter. Ele trabalhava como ajudante na mercearia de um simpático rato, o Sr. Joe. Todas as manhãs, após o café, Peter, montado em sua pequenina motocicleta, ia trabalhar na mercearia. A freguesia era muita e os pequenos roedores chegavam e faziam seus pedidos:

— Quero 200 gramas de queijo muçarela.

— Para mim, um saboroso pedaço de queijo suíço.

— Hoje é dia de macarronada. Preciso comprar 150 gramas de parmesão ralado — pediu uma freguesa antiga.

Após um dia exaustivo de trabalho, Peter retornava para casa sem nunca se esquecer de levar alguns pães de queijo para sua querida mãe. Ela adorava.

Na cidade de Rânia havia um parque onde todos se divertiam muito. Os brinquedos eram superbacanas. Havia um em especial do qual os ratinhos gostavam muito: eram vários gatos de brinquedo enfileirados, e quando os ratinhos puxavam seus rabos, eles emitiam um miado bem alto. Era muito divertido. Outro que eles também gostavam bastante era um gato em forma de "João bobo", onde eles adoravam dar soquinhos enquanto gritavam:

— Toma gato malvado! Toma!

Havia também um gato com a boca aberta, e quando os ratinhos queriam comprar balas e pirulitos, era só colocar moedas em uma frestinha ao lado, e os doces saíam pela boca do gato. Era uma festa só!

Um dia, chegou à cidade um visitante que chamou muito a atenção de todos. Era um enorme cachorro, de corpo avantajado, que dirigia uma moto supermoderna e usava uma jaqueta de couro preta e um capacete muito incrementado. Ele desceu da moto, tirou o capacete e se apresentou:

— Olá! Eu me chamo Mambo.

— Seja bem-vindo à cidade de Rânia — falou um dos ratos, muito admirado.

— Obrigada. Estou somente de passagem.

Peter se aproximou e, entusiasmado, disse:

— Uau! Que moto maneira!

— Sim, pequenino! Ela é moderna e superpotente. Como você se chama?

— Peter.

— Muito prazer, Peter.

— Também tenho uma motocicleta.

— Puxa, que legal!

— Seu nome me faz lembrar aquele personagem do filme *Rambo*.

— Obrigado! Para mim é um grande elogio. Assim como ele, também tenho uma missão: salvar os fracos e oprimidos.

— Óhhhh... — disseram todos ao mesmo tempo.

— A conversa está boa, mas preciso partir. Vou deixar com você o meu cartão. Qualquer coisa é só me chamar. Adeus a todos.

E lá foi Mambo, voando em sua robusta moto.

Porém, algo terrível aconteceu. Dois gatos vagabundos — Fidélis e Ramon — perambulavam pelas proximidades da cidade e encontraram uma placa na qual estava escrito: Rânia, a Cidade dos Ratos, a 2 Km. Fidélis, de olhos arregalados, exclamou:

— Cidade dos ratos! Só acredito vendo!

Em resposta, Ramon disse:

— Precisamos seguir rápido para lá!

Quando chegaram, ficaram espionando atrás de uma árvore.

— Me belisca para ver se não estou sonhando! Isso aqui é o paraíso! — comentou Fidélis.

— Vamos pegar todos esses ratos! — falou Ramon, muito entusiasmado.

Então, os gatos arrumaram dois sacos e invadiram a cidade. O desespero foi grande. Enquanto alguns ratos conseguiram escapar, outros foram capturados e colocados dentro dos sacos. Peter lembrou-se do seu amigo Mambo e rapidamente ligou para ele dizendo:

— Mambo, é o Peter, da cidade de Rânia. Estamos em apuros! Dois gatos invadiram a nossa cidade. Precisamos da sua ajuda urgentemente!

Mambo logo chegou em Rânia. Ele desceu da moto, tirou o capacete e, olhando para os gatos com uma expressão ameaçadora, falou ferozmente:

— Libertem meus amiguinhos e vão embora daqui!

Os gatos, paralisados de medo, libertaram os ratos e saíram de lá mais depressa do que a moto do Mambo. E os ratinhos falaram:

— Viva! Viva! O Mambo é nosso herói!

— Obrigado. Estou lisonjeado. Agora preciso ir. Se estiverem em perigo novamente, meus amiguinhos, é só me chamar.

E lá se foi o herói em sua bela moto, enquanto os ratinhos, aliviados, comemoravam. Agora os únicos gatos na cidade de Rânia eram aqueles de brinquedo, e tudo graças ao Mambo.

O TESOURO DE MAKAKADUCA

Em uma selva habitada por animais de várias espécies, inclusive animais ferozes, moravam também muitos macacos. Eles já estavam cansados de todos os dias enfrentar os perigos da selva. Então, os macacos tiveram uma brilhante ideia — não é à toa que eles são considerados animais muito inteligentes. Eles construíram algumas cabanas com bambus. Com o passar do tempo, a população de macacos foi crescendo e, consequentemente, o número de cabanas também, e se formou uma vila, que recebeu o nome de "Makakaduca" a vila dos macacos. Nela morava um macaquinho muito esperto e curioso, o Timi. Certo dia, ele perguntou para sua mãe:

— Mamãe, por que a vila se chama Makakaduca?

— É uma longa história. Venha aqui que vou lhe contar — respondeu sua mãe. E continuou:

— Havia uma macaca chamada Hilda. Ela era muito rabugenta, brigona e, ainda por cima, fuxiqueira. Logicamente, os macacos não sentiam nenhuma simpatia por ela. Com o passar dos anos, já com uma idade avançada, ela ficou completamente caduca, e lhe deram o apelido de "macaca caduca". Como a vila ainda não tinha nome, foi feita uma reunião para decidir qual seria. Foram dadas muitas sugestões, mas nenhuma foi aprovada. De repente, Hilda apareceu na reunião sem ser convidada, é óbvio, e uma macaquinha, muito levada, quando a viu falou: "Macaca duca! Macaca duca!". A macacada ficou eufórica, pois uma ideia havia surgido. Juntaram as palavras, mudaram as letras c pelas letras k para ficar mais chique, e a vila foi batizada de "Makakaduca".

— Puxa, que história, hein?! Achei super legal! Um nome bem criativo e bacana.

— Bem, agora que já matei sua curiosidade, venha me ajudar a fazer faxina na cabana, pois está uma bagunça.

Ajudando a mãe, Timi achou um mapa dentro de um velho bauzinho. Era um mapa do tesouro. Surpreso, ele perguntou:

— Que mapa é esse, mamãe?

— Pertencia ao seu avô. Ele insistia em dizer que existe um tesouro escondido na selva. Nunca levamos isso a sério, e seu pai não aguentava mais ouvi-lo falar sobre esse tesouro, então seu avô guardou o mapa nesse baú.

Depois de algum tempo, ela falou:

— Agora quero que vá até a quitanda "Banana Nanica" para comprar algumas coisas para mim. Deixe-me anotar: um cacho de banana prata, outro de banana ouro, que são minhas prediletas, dois pacotinhos de bananinha seca e algumas bananas caramelizadas, que são uma tentação!

A quitanda pertencia a três macacos, Anibal, Damião e Baltazar. Timi foi até a quitanda e, quando terminou de fazer as compras, disse:

— Quero mostrar algo para vocês.

— Um mapa do tesouro! — um deles falou, e todos ficaram admirados.

— Era do meu avô.

— Podemos encontrar para você! — comentou, empolgado, Anibal.

— Isso é loucura! Não existe nenhum tesouro! — discordou Damião.

— Quem não arrisca não petisca! — retrucou Baltazar.

— Afinal, vocês vão ou não tentar encontrar o tesouro para mim?

Após conversarem, Anibal respondeu:

— Nós decidimos. Vamos em busca do tesouro.

Mas, quando Timi foi embora, Baltazar falou:

— Quando encontrarmos o tesouro, ele será nosso, e partiremos de Makakaduca!

Na manhã seguinte eles começaram a ler o mapa e iniciaram a busca ao tesouro. Primeiramente, tinham que chegar em uma caverna chamada "Garganta da onça". Em seguida, seguir pelo "Caminho das tarântulas" e, então, atravessar o "Rio dos dentes afiados", pois lá havia crocodilos gigantescos. Continuando, deveriam passar pelo "Vale dos javalis furiosos", pela "Alcateia das hienas medonhas" e, finalmente, chegar a outra caverna chamada "Malatuca Malataca", onde estava o tesouro.

Após horas caminhando e enfrentando todos esses perigos, chegaram à caverna "Malatuca Malataca". Quando entraram, encontraram um grande baú e ficaram extasiados. E Baltazar exclamou:

— Encontramos! Encontramos! O tesouro existe! Viva!

Felizes, os três passaram a fazer muitos planos:

— Sempre tive um sonho, surfar no Havaí! É para lá que vou! — disse Anibal.

— Eu quero ir para a Disneylândia e conhecer o Mickey Mouse! — falou Baltazar todo animado.

— E você, Damião? — perguntou um deles, curioso.

— Vou para Hollywood para conhecer meu ídolo, o King Kong!

Eufóricos, eles abriram o baú. E assim que abriram, eles não conseguiam acreditar no que viram. A decepção foi grande. O baú estava cheio de bananas prata e bananas ouro. Inconformado e com muita raiva, Anibal questionou:

— É esse o grande tesouro? Enfrentamos tantos perigos em troca de bananas?

— O que faremos agora? — perguntou Damião.

—Vamos colocá-las dentro dos sacos e levá-las para o Timi ver o grande tesouro! — respondeu Baltazar muito bravo.

E foi o que fizeram. Depois de horas enfrentando todos os perigos novamente, chegaram em Makakaduca.

— Vamos chamar o Timi e lhe entregar seu valioso tesouro! — disse Anibal.

Quando Timi chegou, muito zangados, os macacos entregaram-lhe os sacos de bananas, e Timi falou:

— Viva! Viva! Bananas ouro e bananas prata! As preferidas da minha mãe! Meu avozinho tinha razão, é realmente um magnífico tesouro!

Os três ficaram perplexos.

— Tesouro?! — Baltazar perguntou.

— E o que nós vamos ganhar? — foi a vez de Damião questionar.

Então, Timi pegou três bananas e entregou uma para cada um, e foi feliz da vida para a cabana para comemorar com a família o precioso achado.

UM PORQUINHO CHAMADO CHESTER

Em uma bela manhã de primavera, nasceu Chester. Diferentemente dos seus irmãozinhos, ele era, digamos assim, um tanto quanto lento para aprender as coisas. Todas as noites, antes do jantar, seu atencioso pai usava de uma estratégia para ajudá-lo a usar seu raciocínio. Tratava-se de um jogo de adivinhas.

Chegou a noite, e lá veio seu pai com as perguntas:

— Primeira pergunta: o que é que o cavalo foi fazer no orelhão?

— Foi chamar um táxi!

— Resposta errada. Foi passar um trote! Segunda pergunta: o que é que tem no meio do ovo?

— Que pergunta mais absurda! Claro que é a gema!

— Errado! É a letra v! Tente se concentrar mais meu filho. E lá vai outra: o que corre a casa toda e depois vai descansar num canto?

— O nosso gato Bartolomeu.

— Deixa o gato fora disso. É a vassoura! Próxima pergunta: o que é, o que é? Tem pernas, mas não anda, tem braços, mas não abraça?

— A Peppa Pig da Loreta!

— Não, não é a boneca Peppa da sua irmã. A resposta certa é a cadeira! Já está quase na hora do jantar. Vou fazer a última pergunta. Capricha, filho. O que é, o que é: coloca-se na mesa, parte-se, reparte-se, mas não se come?

— Essa é fácil! O bolo de milho da mamãe!

— Além de ser a resposta errada, vou te dar um puxão de orelha por achar ruim o bolo da sua mãe!

— Estão falando do meu bolo?

— Sim, querida. Falamos que seu bolo de milho é divino!

— Obrigada, meus amores. Amanhã teremos bolo de milho para o café!

— Acho que amanhã vou começar a dieta... Mas, afinal, qual é a resposta, papai?

— A resposta certa é baralho!

O pai, desanimado e decepcionado, sentou-se à mesa do jantar. E todas as noites sempre acontecia a mesma coisa.

Bem, o tempo passou, e Chester conheceu a Abigail, uma porquinha muito formosa. Porém, ela morria de amores por outro porquinho, o Marlon. Após um tempo, Marlon e Abigail se tornaram namorados, e o coração de Chester ficou em pedaços. Os pombinhos estavam completamente apaixonados. Um belo dia, Marlon perguntou para Abigail:

— O que você acha de irmos ao cinema hoje?

— Sim! Eu adoro ir ao cinema.

À noite, Marlon foi apanhar Abigail e lá foram eles. Quando a sessão terminou, ele perguntou:

— E aí? Gostou do filme?

— Detestei! Achei que era um filme romântico! Senti medo do começo ao fim!

— Puxa! Mas esse filme, *O massacre da serra elétrica*, é cheio de adrenalina. É um dos meus filmes preferidos!

— Mas não é o meu! Estou branca de medo até agora!

Quando estavam voltando para casa, Marlon disse:

— O que posso fazer para consertar meu vacilo?

— Sou muito romântica. Me diz algo romântico.

Após pensar por alguns minutos, num ímpeto, falou:

— Quando te vejo, meu coração bate acelerado. E quando o ladrão vê, o Buster corre desesperado.

— Você acha isso romântico? Como pode falar algo tão horrível assim para mim?

— Desculpa, não foi minha intenção. Foi o que me veio à cabeça.

— É bom pensar mais para não falar besteira! Estou decepcionada! E quem é esse Buster?

— O meu pitbull. É um excelente cão de guarda.

— Mais essa ainda! É muita audácia!

Enfim, Marlon deixou Abigail em casa, e na hora de se despedir, muito brava, ela falou:

— Se você não tomar jeito, não quero mais ser sua namorada! Adeus!

E Abigail bateu a porta na cara do Marlon.

Os dias foram passando, e chegou o Dia dos Namorados. Abigail estava toda entusiasmada e super ansiosa para ver o que ganharia do Marlon. Ele chegou à casa dela, entregou-lhe o presente e falou:

— Feliz Dia dos Namorados! Tenho certeza de que este presente lhe será bastante útil.

E ela, toda derretida, respondeu:

— Obrigada, Marlon. Estou curiosa para ver o que é!

Mas, quando abriu o presente, a decepção foi grande. Marlon havia comprado um livro para ela: *Dicas de como manter a silhueta*. Enlouquecida e muito irritada, Abigail exclamou:

— O que significa isso?! Por acaso está insinuando que estou gordinha? Toma seu livro! Não sou mais sua namorada!

Ele tentou se explicar, mas não teve jeito. O namoro terminou.

Após algum tempo, ela resolveu sair para arejar a cabeça, mas não se conteve e chorou. De repente, Chester a viu, aproximou-se e perguntou:

— O que aconteceu, Abigail? Por que está chorando?

— Terminei o namoro com o Marlon. Ele é grosso e insensível!

— Puxa, sinto muito. Mas não fique assim. Aceita passear comigo no parque?

— Sim, aceito.

No parque, havia um lindo jardim. Chester, muito gentil, apanhou uma rosa e a entregou para Abigail, dizendo:

— Uma rosa para outra rosa.

— Oh, Chester! Estou lisonjeada. Nunca imaginei que você era assim, tão romântico.

— Quer ir ao cinema comigo mais tarde? Está em cartaz o filme *Romeu e Julieta* — perguntou ele, apaixonado.

— Claro! É meu filme preferido.

E a partir desse dia, Chester e Abigail iniciaram seu namoro. E eles formavam um casal perfeito. A história teve um final feliz. Menos para o Marlon, claro.